오늘도

인생을

색칠한다

내가 가장 좋아하는 친구는
책을 한 권 선물하는 사람이다.

- 에이브러햄 링컨 -

오늘도

한 시대를 풍미한 성공한 분들의
멋진 말씀을 화두삼아
솔직한 꼰대가 반성적 성찰로 재해석한
동시대인에게 나누고픈 107가지 지혜

인생을

색칠한다

송준석 지음

스타북스

코로나19로 인해 '집에 머무르세요. 서로 만나지도 마세요.'라는 답답한 말들이 연일대중매체를 통해 들리고, 주택문제, 검찰개혁, 불평등, 균등 그리고 공정에 대한 내로남불식의 접근, 정치적 대립과 갈등 등이 모든 국민들의 마음을 분노케 할 뿐만 아니라 절망으로 힘들고 어렵게 하고 있습니다.

힘들지만 사회적 절망에 머무르지 않고 사회구조적 모순을 현명하게 극복하고 새로운 기회를 준비하는 것이 더 중요하다고 생각합니다. 갈등과 위기는 기회입니다. 우리 모두는 자신이 실현하고픈 삶의 목표가 있고 이를 이루고 성공하기를 바랍니다. 그러나 성공의 길은 쉽지 않고 험난하며 실패에 좌절하고 포기하려 할 겁니다. 저는 여기에 공감하며 이러한 험난한 시기에 여러분께 힘을 주고 응원하려고 글을 썼습니다. 건방지다 생각하지 마시고 자신의 현실을 투영하여 읽어주시길 바랍니다. 저는 성공 자체보다 더 중요한 것은 실패했더라도 희망을 잃지 않고 이 어려움을 극복하고자 노력하는 것이라 생각합니다. 희망은 어둠을 밝히는 등불입니다. 사실 이 책은 성공과 희망에 대한 저 자신의 반성적 성찰에 대한 글입니다. 제가 읽고 감명을 받고 본받고 싶은 시대적 어른들의 한 구절을 중심으로 말씀하신 분들의 의도와 다를 수 있지만 제 나름대로 주석을 단 것입니다.

제 나름의 반성적 성찰이었으나 그 과정에서 저의 삶이 잘못으로 점철된 오염된 부끄러운 존재임을 깨달았습니다. 지금도 적은 나이는 아니지만 나이가 더 들기 전에 그나마 철이 들어간다는 점이 다행이라는 생각이 들었습니다. 저의 반성적 화두는 출처나 누구의 말이 중요한 것이 아니라 반성의 계기가 됐다는 것이 중요한 문제입니다. 화장실, 학교계단, 또는 SNS상에 올라온 저의 마음을 사로잡은 출처불명의 감동을 준 구절들은 학술적 글이 아니기에 다시 출처를 확인하는 과정을 거치지 않았음을 밝히고자 합니다.

역사상 위대한 업적을 내신 분들이나 자신의 삶에 성공했다고 평가 받는 분들은 시대와 출신배경도 다르고 분야도 다르지만 공통점이 있었습니다. 위기 속에 출현하여 어려움을 극복하고 위기를 기회로 만들었습니다. 또한 마음의 이상을 분명한 목표로 설정하고 승리할 때까지 '희망'을 잃지 않고 포기하지 않고 끊임없이 도전했다는 사실입니다.

　혹시 저의 반성적 성찰이 독자 여러분을 가르치려 한다는 오해도 있지만, 그것은 제 의도가 아닙니다. 제 고백을 있는 그대로 순수하게 봐주시길 바랍니다. 여러분 나름의 비판적 성찰을 통해 새로운 시각으로 자신의 세계를 들여다보는 계기가 되었으면 더 좋겠습니다. 가능하다면 여러분의 생각과 느낌 그리고 새로운 각오를 직접 써보는 것도 의의가 있는 일이라 생각합니다. 또한 글을 읽으실 때 제 글자체가 논리적 순서를 가지고 집필한 것이 아니고 평소에 쓴 글 중 같은 맥락을 가진 것을 모은 것이기에 순서대로 읽을 필요가 없습니다. 첫 페이지부터 넘겨서 읽으셔도 되지만 중간부터 펼쳐서 혹은 제목을 보고 자유롭게 펼쳐 읽으셔도 됩니다. 순서와 차례를 뛰어넘는 즐거움을 만끽하십시오.

　이 책에는 제가 문화 예술적 활동에 관심이 많기에 제가 개인적으로 좋아하고 친분이 있는 작가들께 책의 주제와 의도를 설명하고 제 글의 주제에 맞는 작품의 슬라이드를 요청했고 기꺼이 동의하셔서서 함께 실었습니다. 뜻을 같이한 조영대, 신철호, 이민, 정춘표, 한부철, 강동권, 강동호 작가님들과 작품 기획에 많은 도움을 준 박정연 작가님께 감사의 말씀을 드립니다. 문자 읽기가 힘든 날에는 그림만 보는 것으로도 마음의 위로가 되고 힘든 마음을 응원하고 지지하는 새로운 생각과 느낌이 샘솟을 것입니다. 이 때문에 컬러로 책을 찍어야 하는 적잖은 출판의 부담에도 흔쾌히 출판을 허락하신 스타북스의 김상철 대표님께 존경과 감사의 말씀을 함께 드립니다.

아무쪼록 이 책이 지치고 힘든 또는 분노하고 좌절하는 여러분의 삶에 위로가 되고 힘이 되어 다시 삶을 돌아보고 이겨낼 수 있는 기회를 제공하는 계기가 된다면 저자로서는 더할 나위 없는 기쁨이 될 것입니다. 우리 모두 자신의 삶의 주인으로 실패를 두려워하거나 어려움에 좌절하지 말고 희망을 노래했으면 좋겠습니다.

죽항골에서 더위와 벗하며
송준석 모심

신철호

목적지를 향해 자신의 속도로 걸으세요

2

차라리 흠집 있는 옥이 되세요

3

ㄱ

해석하기 나름입니다

강동권

사랑이 — 130 | 사랑의 빛 — 135
사랑의 빛 — 139
사랑의 빛 — 141 | 사랑의 빛 — 143
사랑의 향기 — 147
사랑정원 — 152
사랑의 빛 — 157
사랑의 빛 — 163

자기다워지세요

5

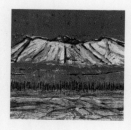

이민

6

잘못으로부터도 배울 수 있습니다

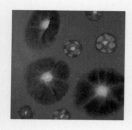

내 안의 작은 거장을 키우세요

7

8

쓴 외로움도 받아들이세요

정춘표

조영대, 『정물』, oil on canvas, 2021

조영대

원광대학교 미술대학과 동 대학교 대학원을 졸업하고 남도의 빛과 색의 전통을 살리면서도 끊임없는 실험정신을 작품에 투영해 역동적인 삶의 기운과 강렬하면서도 생동감 있는 자연의 다양한 감정들을 전달하고 있으며, 빛(색)을 최소화한 정물화는 마음이 차분해지는 경험을 전해 준다.

1
현명한 사람의
행동

인생은 끈기와 경험,
그리고 희망이 필요합니다

> 인생에서 성공하려거든 끈기를 죽마고우로,
> 경험을 현명한 조언자로, 조심스러움을 형님으로,
> 희망을 수호신으로 삼아라.
>
> **– 조세프 에디슨**

──────── 18세기 영국의 수필가이자 시인이며 정치가인 에디슨의 말은 성공에 이르는 길을 구체적으로 내보이고 있습니다. 성공의 길을 가는 데는 방해요소가 많습니다. 이때 어려움을 이겨내는데 필요한 미덕이 첫 마음을 잃지 않는 끈기, 쓰라린 경험을 통한 자기반성과 현명하고 긍정적인 지혜, 함부로 말하지 않으며 급하게 판단하지 않는 신중함입니다. 가장 중요한 것은 희망을 포기하지 않는 것이며, 일하는 동반자가 있다면 믿음을 저버리지 않는 것입니다. 불신은 모든 화의 근원입니다.

도와주는 척하며 남 잘되기를 속으로는 싫어하는 주위 사람의 시기와 질투, 이해관계에 따른 해석의 차이와 갈등 등이 좌절감을 부르고 일을 포기하게 만듭니다. 이때 중요한 것은 자신의 마음을

조영대, 『꽃(개기장)』, oil on canvas, 2012

돌아보는 일입니다. 자신감이 없는지? 실패에 대한 변명을 찾고 있지 않는지? 자신을 믿고 끈기 있게 도전하면 실패는 없고, 다른 사람이 실패하게 만들 수도 없는 것입니다. 핑계를 마련할 뿐입니다. 성공을 향해 처음 시작했을 때 마음을 되돌아보고 초지일관하는 끈기를 가져야 합니다. 저의 경험도 자신감이 없을 때 이유나 핑곗거리를 남에게서 찾고, 끈기도 없이 자포자기했던 기억이 있습니다. 용기 있고 책임감 있는 사람에게는 실패했던 경험이 긍정적으로 작용하여 다가올 어려움에 현명하게 대처하게 할 지혜를 줍니다.

끊임없는 자기반성을 하며 성급한 판단과 평가를 내리지 않는 지혜는 관계와 재화의 활용에서도 매우 유용합니다. 이때 자신과 상대에 대한 믿음이 앞서야 합니다. 자신을 믿지 못하는 사람은 다른 사람도 의심하는 경향이 있습니다. 자신을 돌아봐야 합니다. 믿음은 상대를 존중하는 마음이 바탕에 깔려 있습니다. 상대와 자신의 인격을 존중하지 않으면 상대에게 불신과 의심이 생겨나기 마련인데, 마지막까지도 믿음과 희망은 버리지 말아야 합니다. 행복은 감사와 믿음에서 생기며, 그에 따라오는 것이 성공입니다.

여러분은 어떤 분야에서 어떻게 성공하고 싶으신가요? 그렇다면 에디슨의 말대로 희망을 앞길을 이끄는 수호신이나 등불로 삼아 나아가야 합니다. 어떤 일에 성공하기 위해서는 끈기를 바탕으로 하는 피와 땀과 열정이 필요함을 깨닫고, 실패의 쓰라렸던 체험과 어려움을 이겨냈던 슬기로운 경험을 지혜로 삼아야 합니다. 매사를 가벼이 여기지 않아야 바라는 일을 이룰 수 있습니다. 이를 명심할 때 성공하는 일은 개인의 차원이 아니라 모두가 바라는 일이 되며, 아름다운 공동체 정신이자 진정한 성공으로 승화됩니다.

열정을 잃지 않고
실패를 두려워 마세요

성공이란 열정을 잃지 않고
실패를 거듭할 수 있는 능력이다.
- 윈스턴 처칠

———— 이 말은 왜 성공하지 못하고 좌절과 실패를 계속하
는가에 대한 하나의 답이 될 수 있습니다. 보통 사람의 경우 거듭
된 실패는 새로운 도전을 붙잡는 장애가 됩니다. 시련이 올 때 내
면에서 악마처럼 나타나 '또 그럴 줄 알았어. 내가 하지 말라고 했
잖아'라고 속삭이며 자신감을 꺾습니다. 심지어 기회가 와도 위
험하다고 느끼며 피하게 합니다. 이것이 패자의 틀에 박힌 모양새
입니다. 그러나 승자각본을 가진 사람들은 위기 속에서도 기회를
찾습니다. 실패와 시련이 와도 낙천적으로 이겨내고 새로운 방법
과 길을 모색합니다. 세상에 당당히 맞설 수 있는 용기가 있는 것
입니다. 오프라 윈프리가 '인생에 실패란 없다. 실패란 단지 인생
을 또 다른 방향으로 이끄는 삶일 뿐이다'라고 했듯이 삶의 자율

성을 늘 생각하며, 굽히거나 얽매여서는 안 됩니다. 위대한 사람들은 절망의 순간에 희망을, 위기의 순간에 기회를, 실패의 순간에도 성공의 방법을 찾아내는 자신감을 가졌던 공통점이 있습니다. 인류에게 꿈과 희망을 준 위대한 분들이 준 소중한 지혜를 본받아야 합니다. 그들도 처음에는 우리와 똑같은 사람이었다는 사실입니다.

여러분은 위기와 시련, 절망의 시기를 어떻게 받아들이고 어떻게 대처하시나요? 어떻게 바라보고 어떻게 대처하느냐에 따라 승자가 되느냐 패자가 되느냐가 결정됩니다. '그럴 수밖에 없었다.'는 평계보다도 '그럼에도 불구하고'라는 열정으로 도전하는 인생의 승자가 되어보세요.^^

조영대, 『꽃(진달래)』, oil on canvas, 2015

자신의 능력을
믿으세요

나무에 앉은 새는 나뭇가지가 부러지는 것을
두려워하지 않는다.
그것은 나뭇가지를 믿어서가 아니라
자신의 날개를 믿기 때문이다.
– 김새해

───────── 「내가 상상하면 현실이 된다」라는 책의 저자인 김
새해는 두려워하지 말고 자신의 날개를 믿으라는 표현으로 성공
의 길로 인도합니다. 어떤 사람의 성공을 보면서 그 사람의 능력
을 먼저 보는 사람도 있지만, 그 사람의 운이나 도움 받은 것을 우
선시하여 배경背景이 없는 자신의 처지를 비관하는 사람도 봅니
다. 그러나 먼저 능력을 개발하고 자신감을 가져야 합니다. 때로
는 자신의 길을 가는 데 힘이 되는 지지도 필요합니다만, 그 지지
와 후원은 자신의 의지만으로 되는 것이 아니기에 때로는 믿는 도
끼에 발등 찍히는 격으로 지지기반이 무너질 수도 있습니다. 그럴
때 능력을 키우는 것을 게을리하지 않는 사람은 자신의 날개로 날
수 있기에 어떤 상황이 와도 두려워하지 않고 헤쳐나갈 수 있습니

다. 다른 사람을 믿지 말고 기대지 말라는 것은 아닙니다. 우리 모두는 공동체 속에서 살기 때문에 가능하면 돕고 살아야 합니다. 그런데 자신의 힘으로 다른 사람을 도와주는 것에서 시작한다면 좋은 일이지만 다른 사람의 도움으로 승승장구하려는 것은 위험합니다. 어느 누구도 자신을 대신할 수 없습니다. 자신을 믿으며, '나는 잘할 수 있다', '어떤 어려움이 와도 헤쳐 나갈 수 있다'는 자신감이 '나는 세상에 꼭 필요한 소중한 존재다'는 자존감과 함께할 때 세상은 살만한 터전이 되는 것입니다. 제가 여전히 행복과 희망을 바라고 믿는 것은 제 자신의 소중함과 바람직한 성장의 가능성을 굳게 믿기 때문입니다.

여러분은 스스로를 소중하게 여기며 바라는 바를 스스로 이룰 수 있는 능력이 있다고 믿고 노력하시나요? 스스로가 자신감에 넘칠 때 사는 여유도 생기고 주위 사람들도 여러분을 격려하고 지지해주는 울타리가 될 것입니다. 나뭇가지에 집착하지 마시고 스스로의 날개를 믿고 자유롭게 삶을 열어 가시길 빕니다.

무엇을 원하는지
결정하세요

인생에서 원하는 것을 얻기 위한
첫 번째 단계는
내가 무엇을 원하는지 결정하는 것이다.
– 벤 스타인

——————— 경제학자로 「부자가 가져야 할 55가지 습관」에 대
해 썼던 스타인의 말은 삶에서 진정으로 바라는 것이 무엇인가에
대해 신중한 결정이 필요하다는 것을 다시 깨우쳐 줍니다. 부자가
되려는 사람은 왜 부자가 되려고 하는지 목적이 분명해야 합니다.
부자 자체가 목적은 아닐 것입니다. 삶에서 수단과 목적이 분명해
야 합니다. 모든 것을 황금으로 만든다는 마이더스 손의 이야기
는 많은 가르침을 줍니다. 저도 이 기회에 제 삶의 목적에 대해 다
시 생각해보았습니다. 너무 신념에 빠져 경직되어 사는 것도 바람
직하지 않지만 아무 목적도 없이 그저 하루하루를 때우는 것은 더
가치 없는 삶입니다. 저의 화두話頭는 생명살림과 행복입니다. 이
는 여민동락與民同樂하면서 자연과 친화적으로 교감하고, 나누고

배려하며, 소통하면서 서로의 독특함과 차이를 인정하며 사는 것입니다. 무슨 일을 하든지 저는 이 열쇠 말을 점검하고 살핍니다. 저도 가끔은 속물적인 탐욕 때문에 사실을 왜곡하여 합리화하기도 하지만 이내 어리석음을 알아차리고 반성합니다. 인간은 완전한 존재는 아니라는 명제로 시종일관 변명을 일삼는다면 저에게 성장과 변화는 기대하기 어려울 것이라는 것을 알고 있어서 다행입니다.

여러분의 희망은 무엇인가요? 삶에서 진정으로 원하는 것과 목적은 무엇인가요? 이는 자신의 존재 근거를 뒷받침합니다. 오늘 다시 자신을 돌아보는 계기가 되었으면 합니다. 삶의 주체적 화두를 가지고 점검하는 일은 소중한 과업이겠지요?

조영대, 『삐비꽃』, oil on canvas, 2020

기회를 곱셈과 같이 잡으세요

인생은 곱셈과 같다.
기회가 오더라도 내가 제로이면
아무런 의미가 없다.
- 나카무라 미츠루

─────── 많은 사람이 힘든 상황에서도 성공하고 출세할 기회는 있습니다. 여기서 성공과 출세는 세속적 의미도 있지만, 세속적 가치를 떠난 진정한 자신의 바람도 포함되는 개념입니다. 기회가 온 것을 몰라서일 수도 있지만, 기회가 왔지만 실패의 두려움이나 실천할 용기가 없어 아무 일도 하지 않는 경우가 많습니다. 그런고로 기회가 왔다 하더라도 실천에 옮기지 않으면 전혀 이루어지는 일이 없기에, 자신이 준비 안 된 영(0)이면 아무리 조건이 좋아도 결국 곱하면 결국 영이 되는 것입니다. 흔히 범하기 쉬운 잘못은 자신을 운명의 틀에 묶어 버리고 어떤 기회도 행운도 오지 않을 거라고 믿어버리는 것입니다. 기회는 소리 소문 없이 오는 경우가 많기 때문에 예민하게 관찰하고 감지하지 않으면 어

느 순간에 지나가고 맙니다. 이럴 때 대부분의 사람들은 운이 없다고 실망합니다. 기회를 눈치 채고도 실패에 대한 두려움과 불안으로 도전하지 못하는 사람도 많습니다. 이들은 '인생 뭐 별거 있어? 지금도 충분히 잘 살고 있어'라며 합리화하고 변명을 늘어놓습니다. 그런 이들의 삶에서는 의미 있는 변화가 일어나지 않는 것입니다. 그러나 기회를 잡으려는 사람은 예리하게 감을 잡으려 하므로 항시 깨어있으며 실천에 대비합니다. 새로운 도전과 성공할 수 있는 낌새가 보이면 놓치지 않고 실천해 옮깁니다. 이들에게 자신의 꿈을 실현할 선물이 주어지는 것입니다.

여러분은 진정으로 바라는 삶을 이루셨나요? 기회가 왔을 때 과감하고 즐겁고 기꺼이 실천하셨나요? 저는 낌새를 못 챈 적도 있었고, 다른 욕심에 빠져 진정으로 해야 할 일을 못 한 적이 있습니다. 결국은 제가 어떤 행동도 옮기지 않은 제로(0) 상태에서 아무 일도, 어떤 변화도 일어나지 않았습니다. 아무런 의미가 없는 기회가 된 것이지요. 저의 경험에 의하면 똑같은 기회는 두 번 다시 오지 않더라고요. 후회하면 늦고, 되돌릴 수 없습니다. 자신에게 가치 있는 일을 실현할 기회가 오면 놓치지 말고 자신 있는 실천으로 꿈을 이루시길 바랍니다.

역경을 기꺼이
받아들여야합니다

삶에 겨울이 없다면
봄은 그토록 즐겁지 않을 것이다.
만일 때때로 역경을 경험하지 못하면
성공은 그토록 환영받지 못할 것이다.
– 앤 브래드 스트리트

─────── 우리가 절실히 바라는 성공은 쉽게 오지 않습니다. 수많은 피와 땀과 열정의 결과물입니다. 세상은 간절히 바랄수록 고난이 더 심하다는 것은 겪어본 사람들은 다 알 것입니다. 그러나 분명한 것은 굽히지 않는 의지와 긍정적이고 적극적인 사고와 추진력이 성공으로 이끕니다. '세상은 고통으로 가득하지만, 그것을 이겨내는 사람들도 가득하다'는 헬렌 켈러의 말이 같습니다. 이렇듯 역경의 체험과 극복이 성공을 더욱 빛나게 합니다. 세찬 겨울 추위가 와도 매화는 향을 팔지 않고 오히려 그 향을 더욱 진하게 뿜어내듯이 '괴로움을 남기고 간 것을 맛보라. 고난을 지내고 나면 감미롭다', '고난이 있을 때마다 그것이 참된 인간이 되어가는 과정이라는 것을 기억해야 한다'라고 한 괴테의 말도 가

슴에 새겨야 합니다. 코로나19로 인한 여러 가지 고통 속에서도 우리 모두가 어렵고 힘들지만 '끝내 이기리라'라는 노래가사처럼 위기와 시련을 견디어 내고 극복할 수 있다는 자신감을 갖는다면 충분히 이겨낼 수 있습니다. 사람의 관계도 마찬가지입니다. 우정을 두텁게 하고 친밀해지기 위해서는 갈등도 겪고 싸우기도 해봐야 합니다. 갈등의 회복과정을 통해 서로를 이해하게 되고 비온 뒤에 땅이 굳어지듯 관계가 성숙하고 무르익습니다. 겉보기에 아무 문제가 없어 보이는 것이 빛 좋은 개살구처럼 서로에게 형식에 치우칠 뿐 실제로는 무관심하고 깊어지지 않는 얄팍하고 메마른 관계를 나타내기도 합니다. 거센 비바람과 뜨거운 태양이 있어야 오곡백과가 무르익듯이 살면서 겪는 수많은 시련과 절망은 그 결과물을 더 귀하고 빛나게 합니다. 우리 모두에게 절망과 고난을 희망의 축복으로 바꾸어나가는 용기와 자신감이 필요합니다.

　여러분은 바라는 일이 쉽게 성취되시던가요? 갈등 없는 진실한 관계가 잘 유지되던가요? 그런 행운도 배제할 수 없지만, 간절히 바랄수록 그것을 이루기는 더 어렵고 험난함이 커서 인내가 필요합니다. 그럴수록 포기하지 말고 자신과 상대에게 스트로킹하며 나아가야 합니다. '인내는 쓰나 그 열매는 달다', '수고하지 않으면 얻는 것이 없다'라는 격언을 새기며 성공의 길로 나아가보실까요?

지금 이 순간을
소홀히 하지 마세요

청춘은 다시 돌아오지 않고
하루에 새벽은 한 번뿐이다.
좋은 때에 부지런히 힘쓸지니
세월은 사람을 기다리지 않는다.

- 도연명

──────── 중국 육조시대의 대표 시인으로 '귀거래사', '도화원기' 등의 명문을 남긴 도연명은 술과 국화를 사랑했고, 집주변에 다섯 그루의 버드나무가 있다고 해서 '오류선생'이라고 불렸습니다. 10여 년의 관리생활을 했지만 '세상과 나 이렇게 어긋나 있으니'라고 말한 것을 보면 관계官界의 추악한 인간관계에 혐오를 느낀 듯합니다. '친척들과 나누는 정담이 이렇게 즐겁고 거문고와 책을 즐기다 보니 시름이 없구나', '봄 언덕에 올라 휘파람을 불고 맑은 물결 바라보며 시를 읊으리. 애오라지 자연의 섭리에 따라 죽어 돌아가는 것, 천명을 즐기거늘 무엇을 의심하리.'라는 표현에서 보듯, 자신이 가난하지만 글을 지으며 자연에서 소박하게 사는 것에 행복해 한다는 것을 깨달았습니다. 한 때 벼슬아

치로 세상에 나아가 백성을 잘 살게 하려는 뜻을 펼치고자 했으나 문벌사회의 벽과 전란戰亂과 자연재해로 뜻을 이루지 못했고, 늦었지만 자신의 역할이 아님을 알아차린 것입니다. 시간을 잘못 살았음을 깨달은 것입니다. 자신의 경험을 후대에 교훈으로 남겨주신 겁니다. '자신이 진정으로 원하는 것을 하라. 헛된 야망이나 본분에 맞지 않는 일을 좇지 마라. 그러기에는 너무 시간이 빠르게 지나간다'는 경고警告입니다. 지금 이 시간이 가장 소중함에도 불구하고 우리는 가끔 불확실한 미래와 헛된 욕심으로 지금의 불행을 얼버무리는 경향이 있는데 어리석은 일입니다. 저의 경험도 그러합니다. 지금 저에게 좋지 않는 일이나 겪고 싶지 않은 일이 있으면 '이 또한 지나가리라'는 주문을 외며 회피하고 빨리 지나가기를 바라고만 있습니다. 그러나 이를 전체적 삶에서 조망하면 귀한 시간을 낭비하고 버린 행위입니다. 어려움과 실패를 겪지 않은 사람은 없습니다. 그것을 해석하고 대처하는 방법이 다를 뿐입니다. 우선 삶을 계획하는 단계부터 자신에게 가치와 의미가 있는가를 성찰하고 그것을 목표로 삼는 것이 중요합니다. 그러나 그것이 뜻대로 되지 않고 실패했을 때는 시간을 낭비하기 보다 더 나은 삶을 위한 반성적 토대로 삼아 더 나은 삶을 모색하여 절해고도에 갇혀 시간을 낭비하는 빠삐용이 되지는 말아야 합니다. '세월은 사람을 기다리지 않는다'는 말은 고금古今에 통하는 진리입니다.

여러분은 '지금 이 순간', 진정으로 하고 싶은 일을 하고 계시나요? 후회 없이 시간을 보내는 일 만큼 소중한 일은 없습니다. 하루에 새벽은 한 번뿐이고 지금이 가장 청춘이고 젊다는 사실을 기

조영대, 『**정물(매실)**』, oil on canvas, 2016

억하실까요. '아 옛날이여!'를 외치지 않게 자신의 소중함과 행복
을 위해 아낌없이 시간을 몰두하고 즐겨보시면 어떨까요?

배우기에 힘쓰는
사람이 되세요

──────── '배우고 때로 익히니 또한 즐겁지 아니한가?'라는
공자 말씀이 떠오르는 구절입니다. 태어나서 죽을 때까지 배우기
를 게을리 하지 않으면 사람됨에 이르는 기본자세를 갖춘 것입니
다. 인간은 본래 부족한 존재이기에 끊임없이 완전에 이르기를 동
경하고, 결코 이를 수는 없지만 노력을 계속해 갑니다. 그중의 하
나가 호기심과 부족한 것을 채우려는 배움의 길입니다. 어쩌면 삶
은 앎과 뗄 수 없는 관계입니다. 태어나 자신의 부족함을 깨달으
며 무언가를 배움으로써 더 성장하고 자신에게 닥친 어려움을 풀
어갈 지혜를 얻고자 합니다. 사회에서 능력을 드러내는 사람들은
다른 사람의 말을 잘 들으며 새로운 사실을 배우려고 노력합니다.
배움은 자신을 겸손하게 낮추는 진지함으로 다른 사람에게서 지

식이나 지혜를 얻는 것입니다. 무지를 인정하는 일과 그것에 대한 해답을 얻기 위해 끊임없이 질문하고 바르게 실천해 옮기는 것이 배움의 처음이자 마지막입니다. 이러한 과정이 삶을 가치 있게 꽃피게 합니다. 유능함은 일의 숙련된 해결의 방편을 넘어 더 이상의 것을 담고 있다는 것을 명심해야 합니다. 벼가 익을수록 고개를 숙이는 것처럼 배움이 깊은 사람은 인품도 깊어져야 합니다. 저도 배움에 대해 다시 생각해 보았습니다. 배운 다음에 부족함을 안다는 말처럼 끊임없이 저의 무지에 대해 반성하고 묻는 태도를 갖추어야 함을 깨달았습니다. 지식을 자랑하거나 기교를 뽐내는 것이 아닌 참다운 인품을 가진 사람으로 거듭나는 배움으로 유능함을 실천하겠습니다.

여러분은 인품과 유능함을 갖춘 성공한 사람이라고 생각하나요? 그러기 위해서 항시 배우기를 애쓰시나요? 성공의 길에는 반드시 배움이 필요합니다.

조영대, 『정물』, oil on canvas, 2019

느낌이 있는
사람이 됩시다

사람들은 당신이 한 말은 금방 잊어버리지만,
당신이 그들에게 준 느낌은 항상 기억할 것이다.
– 워런 비티

──────── 제가 좋아하는 성격파 배우 비티의 한마디는 저를
돌아보게 하였습니다. 과연 저에 대한 느낌이 어떻게 전달되고 남
았을까? 평소에 옳고 정의롭고 아름다운 말을 한다 치더라도 상
대가 진실함을 느끼지 못하면 허공 속에 울리는 징소리일 뿐일 겁
니다. 징소리를 들은 사람이 그 안에 든 느낌을 전달받아야 감동
이 밀려오고 징소리를 하나의 아름다운 음악으로 받아들일 것이
기 때문입니다. 저도 그런 경험이 있습니다. 상대가 한 이야기를
분명하게 기억하지 못하지만, 상대 이야기를 들을 때의 이미지와
분위기의 느낌이 고스란히 남아 있습니다. 저절로 미소 짓게 하는
감동이 밀려오는 순간의 경험은 짜릿한 전율을 줍니다.

　　저도 과거에 누군가와 이야기를 할 때 내용이 무엇인지 분명

히 기억하지 못하지만, 상대가 진정으로 들어주고 수용하고 이해해주었다는 행복한 감정의 느낌이 밀려올 때가 있었습니다. 그것이 상대에 대한 느낌이겠지요. 마찬가지로 저와 만났던 많은 사람들도 저와 나누었던 이야기보다 그 과정에서 느낀 감정이 더 오래 기억될 것입니다. 인간의 기억은 이성적 논리로 기억되기도 하지만 더 진한 알 수 없는 느낌으로 남기도 합니다. 사람을 대할 때 수단으로 여기지 않고 진정으로 존경하며, 사회적으로 힘없고 보잘 것 없는 처지의 사람에게 더 관심을 갖고 봉사하며 사랑을 베

조영대, 『붓꽃』, oil on canvas, 2020

푼다면 누구에게나 따뜻함이 느껴질 것입니다. 나이가 들어가면서 제가 느끼는 것은 어린이 같은 순수함이 내면에 많이 남아 있을 때 해맑은 깨끗함이 상대에게 전해진다는 것이었습니다. 나이 들면서 욕심과 선입견을 버리고, 상대를 왜곡해 평가하고 비판하고 통제하기보다는 있는 그대로를 받아들여야 하는데 그러지 못함에 부끄러워집니다. 공자가 말씀하신 이순耳順의 경지는 말처럼 쉬운 것이 아닙니다. 내면적 분노가 일어나지 않을 때 건강한 이순입니다. 상대를 보듬으며 편안한 느낌을 주는 마음씨 고운 아름다운 할아버지가 되고 싶습니다. 나이 듦의 아름다움이 이런 것 아닐까요?

여러분은 스스로 상대에게 느낌이 좋은 사람이라고 생각하시나요? 내면이 편안하신가요? 내면의 여유는 상대에게 편안한 느낌을 줍니다. 부담스럽지 않게 친밀한 관계를 맺고 싶은 사람이 되어야 하지 않을까요? 저부터도 이기적이고 논리적이고 나보다 더 뛰어나려는 사람보다는 욕심을 내려놓고 상대를 배려하고 양보를 아는 마음이 따뜻한 사람이 그립습니다. 그러기 위해서는 부족한 저부터 따뜻하고 아름다운 마음을 가진 인격체가 되어야겠네요. 마음이 따뜻한 느낌을 주는 성공한 사람으로 기억되고 싶습니다. 여러분은 어떠신가요?

책임질 수 있는 행동을 실천하세요

실천은 생각에서 나오는 것이 아니라
책임질 준비에서 나온다.
– 디트리히 본 회퍼

———————— 회퍼는 독일의 나치 시절 히틀러의 반유대주의와 나치즘에 반대하고 교회공격에 투쟁하고 히틀러 암살에 가담하여 체포되고 처형당했습니다. 다른 정치적 태도나 세계관을 가진 사람과도 협동을 시도한 고백교회의 목사이자 실천신학자이도 했습니다. '교회는 자기를 위해서가 아니라 타인을 위해서 있다'라고도 한 회퍼의 책임질 준비가 되어있는 실천에 대한 메시지는 무책임한 요즘 세태에 경종을 울립니다. 요즘 '아니면 말고'식의 무책임한 태도가 마음을 씁쓸하게 합니다. 대중매체를 통한 악의적인 거짓선동과 사실에 바탕을 두지 않은 대안이 없는 무조건적 반대와 비난에 가까운 악의에 찬 비판, 근거 없는 말과 행동으로 상대를 비난하거나 갖은 방법으로 자신의 이익과 영달榮達만

조영대, 『삐비꽃』, oil on canvas, 2020

을 추구하는 사회에 대한 책임 의식이 실종된 소식을 접할 때마다 몸과 마음이 아픕니다. 책임감과 양심을 갖고 사는 사람들이 점점 줄어듦에 저부터 반성하게 됩니다. 성공한 사람은 책임감과 양심을 갖고 살다간 사람이 아닐까요? 선한 능력을 가지고 자신이 하는 일이 정당하다고 느낄 때 자신의 안위와 영달 그리고 편안함을 뒤로 한 채 올바른 정의와 평화를 위해 두려움 없이 자신의 목숨을 내어 놓을 각오로 책임지고 실천하는 사람이겠지요. 김대중 대통령은 이를 '행동하는 양심'이라 불렀습니다.

조만식 선생이 '유시유종이 드물다'는 말을 하셨는데, 요즘 들어 일을 진행하다 자신에게 이익이 없으면 책임을 지지 않는 '용두사미'형 사람들이 점점 늘어나는 것 같아 가슴이 아픕니다. 가치 있고 아름다운 사회건설이 아닌 자신과 속한 집단의 이해충돌에 집착하여 큰 그림을 보지 못함에 안타깝습니다. 정의와 진리와 거룩한 사랑을 위해 목숨까지도 바치려 했던 선현들 앞에 많이 부끄럽습니다. 저부터도 계산하여 손해를 보거나 이익이 없을 것 같은 일은 피하거나 갖은 변명으로 일을 물리려는 약삭빠른 소인배 같은 짓을 할 때가 많으니 부끄럽습니다. 시대의 과업에 소신을 가지고 용기 있게 나서 책임감을 가지고 실천하는 지사志士 같은 양심가가 요청됩니다. 인기에 영합하지 않고 이 시대의 요청을 알고 그것에 부응하는 지성인이 되어야겠습니다.

글을 쓰면서 많이 부끄럽습니다. 여러분은 계획한 일을 초지일관 책임지고 실천하는 성공한 대인배인가요? 아니면 이해관계에 휩쓸리는 지조 없는 소인배인가요? 저는 많은 반성을 합니다. 나라의 아름다운 미래를 위해 더 크게 실천하는 양심이 요청됩니다.

자신감과
자존감을 사랑하자

자신감은 내가 무언가를
잘할 수 있겠다고 생각하는 것이고,
자존감은 내가 무언가를 잘하지 못해도
나 자신을 사랑할 수 있는 마음이다.
– 남인숙

─────── 남인숙의 「서른에 꽃피다」는 책에서 인용한 자신감과 자존감에 대한 설명은 명쾌하면서도 읽는 이로 하여금 자신을 생각게 합니다. 자신을 소중히 하는 것은 자존감에서 시작됩니다. 그것을 뒷받침하는 자신감이 어려움을 헤쳐 나가고 원하는 일을 이루게 하는 원동력이 됩니다.

제 자신에게 물었습니다. 자존감과 자신감을 갖고 사느냐고? 대답은 이렇습니다. 자존감은 넘치지만 가끔 자신감이 없을 때가 있습니다. 여전히 약한 존재임에 분명합니다. 그러나 분명한 것은 용기 부족으로 자신감이 떨어질 경우도 있고, 잘못도 하고 실패도 하지만 다행히 여전히 저를 믿고 사랑한다는 사실입니다. 더 중요한 것은 저를 소중하게 여기듯이 다른 사람도 저 못지않게 소중하게 여기고 존중한다는 사실입니다. 인간이기 때문에 나약하지만, 인간이기 때문에 소중하다는 것을 결코 잊어버린 적이 없습니다. 잘하고 유능해서가 아니라 존재한다는 자체로도 사랑받을 자격이 있습니다. 우리는 모두 존재한다는 자체로 소중하게 대접받고 행복할 권리가 있습니다.

여러분은 자존감과 자신감이 넘치시나요? 자존감과 자신감의 뜻을 분명히 파악하셨나요? 존재의 소중함을 생각하는 기회는 얻으셨나요? 이 세상에 존재하는 모든 인간은 지위와 유능함과 재력에 관계없이 소중한 자존감이 있는 소중한 존재라는 사실을 명심하시게요.

인생의 목표를
글로 써보세요

우리 중 약 95%는
자신의 인생목표를 글로 기록한 적이 없다.
그러나 글로 기록한 적이 있는 5%의 사람 중 95%가
자신의 목표를 성취했다.
— 존 맥스웰

──────── 목사이며 컨설턴트인 존 맥스웰은 리더십이나 성
공에 관한 책을 많이 펴냈고, 우리나라에도 「리더십 불변의 법
칙」,「위대한 영향력」,「태도」라는 제목으로 번역되어 출판되었습
니다. 윗글은 강헌구 박사가 비전에 대한 강연에서도 자꾸 언급했
던 걸로 기억합니다. 저도 인생 목표를 생각이나 말로만 하는 것
이 아니라 그것을 직접 써보는 것은 좀 더 진지한 태도로 계획적
이고 구체적인 실현방안을 모색하고 다짐하며 다시 보면서 결심
을 굳게 하는 데 도움을 준다고 생각합니다.

　기록한다는 것은 분명한 의지와 책임을 반영합니다. 어쩌면 확
신을 보여주는 것이지요. 저도 글을 쓸 때, 쓴 대로 살지 못했을
때 많은 자책과 반성을 하며 삶의 자세를 바로잡는 계기로 삼았습

니다. 말로만 한다면 그런 말 한 적 없다든지, 정확히 기억나지 않는다는 핑계를 대며 책임을 피했을 것입니다. 그러기에 비난을 받고 창피와 부끄러움을 당하더라도 진정으로 실천하고 살고 싶은 삶이 있다면 글로 쓰고 삶의 좌표로 삼아야 할 것입니다. 글로 쓴 것과 다르게 살지 않도록 늘 곁에 두며 경계해야 합니다.

여러분의 인생의 좌표와 목표는 무엇인가요? 그것을 글로 써 놓으셨나요? 저는 아직 이루지는 못했지만, 저의 소망을 담은 비전을 액자에 담아났습니다. 개인적 명예에 관한 것은 여전히 고민 중입니다만 생명살림공동체의 실천만은 꼭 하겠다고 날마다 다짐합니다. 여러분도 삶에서 이루고자 하는 목표와 그 실천 의지를 꼭 써보시면 어떨까요?

조영대, 『정물』, oil on canvas, 2015

현명한 사람의
행동

──────── 사람의 말이 믿을 '신信'이고 말을 이루면 '성誠'이 됩니다. 그 사람이 믿을만한가와 성실한 사람인가에 대한 평가는 말을 행동에 옮기는 실천에 달려 있습니다. '행동하는 양심'이니 '행동하고 남은 힘이 있거든 학문에 힘써라', '말은 어눌하되 행동은 민첩하게' 등의 말도 행동하지 않는 사람이 하면 빈 외침에 불과하고 그 사람을 '말뿐인 사람이다'라고 평가하고 믿지 않는다는 것입니다. 말을 많이 하는 것은 실천을 가로막아 결국 자신에게 독이 될 수 있습니다.

톨스토이가 '진정한 사랑은 말에 있지 않고 행동에 있으며, 그런 사랑만이 우리에게 진정한 지혜를 준다'고 했는데 이것도 똑같이 해석할 수 있습니다. 수천 마디의 교언영색巧言令色의 사랑

표현보다 진실이 담긴 작은 사랑의 실천이 중요하고 의미를 주는 것입니다. 말은 진실한 관계를 맺어주는 열쇠인데 그 열쇠의 효력은 말을 행동으로 옮기는 데서 퍼져나가는 것입니다. 그러기에 좋은 말도 그것을 실천할 수 있는가를 다시 생각하고 그 뒤에 말하는 습관을 들여야 합니다. 그래야 비로소 '말의 힘'이 발휘되는 것입니다. 지혜로운 사람은 당연히 말하며 행동을 돌아보고, 행동하며 말을 되새길 수밖에 없는 것입니다.

여러분은 실천을 고려한 말을 하시나요? 아니면 습관적으로 실천과 관계없는 때만 좋은 말을 하시나요? 저는 '그 때 일을 아직도 기억하세요. 그냥 한 번 해본 소린데'라는 황당한 경우도 당했습니다. 이제는 그 사람과 약속도 안 하고 그 사람의 말을 살피게 됩니다. 말은 서로를 맺어주는 믿음직한 약속이어야 하고 실행해 옮겨야 합니다. 사리에 밝은 사람은 말이 행동을 앞지르는 것을 두려워하고 경계합니다.

약속을
지키세요

아무리 보잘것없는 것이라 하더라도
한 번 약속한 일은 상대방이 감탄할 정도로
정확하게 지켜야 한다.
믿음과 체면도 중요하지만,
약속을 어기면 그만큼 서로의 믿음이 약해진다.
그래서 약속은 꼭 지켜야 한다.
– 앤드루 카네기

──────── 카네기는 스코틀랜드의 가난한 베틀공의 아들로 태어나 전보 배달원과 전기기사로 일하다가 펜실베이니아 철도회사 사장 토마스 스콧의 비서로 발탁된 뒤 승승장구하여 서부지역 책임자가 되었고, 이때 침대차를 발명하였습니다. 그는 철강에 대한 미래 수요를 예측하고 철강회사를 세워 미국 철강업계를 지배하고 은퇴 후에는 쌓아놓은 엄청난 부로 자선사업에 몰두하고 생을 마쳤습니다. 피츠버그의 명문대인 카네기-멜런대의 카네기 공과대학도 그의 기부로 세운 것입니다. 그의 성공비결 중 하나가 약속을 지키는 것입니다. 저도 약속을 쉽게 못 하는데, 약속은 지키고 이행하는 것이 중요하다고 생각하기 때문입니다.

관계에서 가장 중요한 연결고리 중 하나가 바로 약속입니다.

독일의 역사학자 랑케와 도산 안창호 선생의 소년과의 약속의 일화는 많은 교훈을 줍니다. 저도 약속을 중히 여기지만 제 마음에 내키지 않거나 지킬 마음이 없으면 하지 말아야 하는데 그 자리를 일시적으로 모면하기 위해서 마지못해 약속하고 나서 후회한 적도 있었습니다. 뒤에 변명으로 약속을 지키지 않을 거리를 마련하는 제가 한심한 사람으로 여겨졌습니다. 지키지 못할 약속이라면 아예 하지 않는 것이 지금의 철칙입니다. 더 이익이 많고 더 즐거운 약속이 있다 하더라도 먼저 한 약속을 지키고 이행하는 것이 사람다운 도리입니다. 약속은 의를 쫓는 행위입니다. 물론 도리에 어긋난, 처음부터 잘못된 약속이면 자신의 판단이 잘못되고 그릇된 것이라 지킬 수 없다며 용서를 빌고 취소해야 하지만 그렇지 않다면 이익을 좇아 약속을 바꾸거나 취소하는 행동은 하지 말아야 합니다. 이것이 사람 사이의 믿음입니다.

여러분의 자신이나 남과의 약속이 정의에 어긋나지 않는 한 끝까지 지키시나요? 아니면 편리와 쓰임에 따라 손바닥 뒤집듯 하시나요? 지조나 의리도 약속을 지키는 것과 관계됩니다. 바르지 않은 약속은 뒤에라도 고쳐져야 하고 폐기되어야 하지만 그렇지 않다면 너무 이익에 따라 약속을 깨는 일은 없어야 하겠지요?

신철호, 『Passion』, acrylic on canvas, 2020

신철호

조선대학교 미술대학과 동교육대학원을 졸업하고 Art Students League of New York. National Academy of Design School of Fine Art에서 수학하였으며 국전비구상 심사위원 역임. 일상생활에서 발견된 오브제들을 기호화하고 간략화 시킨 이미지들을 차용, 그 특징들을 과장하거나 극단적으로 절제하고 그 속에 우리가 살아온 발자취를 화석화시켜 캔버스 안에 희망적 조형성으로 제시한다.

2
목적지를 향해
자신의 속도로 걸으세요

생각한대로
삽시다

생각한 대로 살자.
용기를 내어 생각하는 대로 살지 않으면
머지않아 사는 대로 생각하게 된다.

– 폴 발레리

──────── 법학을 전공했으나 건축, 문학, 미술에 해박한 프랑스의 시인이자 사상가이며 평론가인 발레리의 말은 다시 되새길 만합니다. 인간이 자신의 의지대로 살기가 어렵기는 하지만 그래도 자신의 생각대로 삶을 실천하지 않는다면 환경이나 대상에 의해 지배당하고 종속되거나 순응하는 노예의 삶에 가깝습니다. 세상은 고난의 연속입니다. 어쩌면 삶은 이러한 문제를 이겨내고 의미를 지어내기 위한 도전의 과정입니다. 그것을 가능케 하는 것이 사고, 즉 생각입니다. 생각할 수 있다는 것이 자율성과 자유의지의 기반이 된다는 것은 의심할 수 없습니다.

제가 좋아하는 빈센트 반 고흐가 어려우면서도 자신의 화풍을 만들어 낼 수 있었던 것은 '믿고 확신하면 그 생각대로 모든 것이 이루어진다.'와 '확신을 가져라. 확신에 차있는 것처럼 행동하라! 그러면 차츰 진짜 확신이 생기게 된다.'는 자신감 넘치는 생각과 그에 따른 행동에서 비롯된 것입니다. 어떤 확신을 가지고 생각한 것을 실천하는 것은 삶을 변화시키는 원동력이며 그것의 자율성이 펼쳐지는 것입니다. 자기의 형편에 따라 순응하여 사는 것이 차선의 선택일 수는 있지만 모든 것을 운명과 숙명에 맡기며 산다면 자신의 모든 존재 근거가 자신에게서 떨어져 나갑니다. 자기와 자신이 없는 빈껍데기와 같은 삶인 것입니다. '당신의 그림 중에서 어떤 그림이 최고의 그림입니까?'라고 물으면 '지금 그리고 있는 그림이요.'라고 말한 고흐의 답은 그의 삶이 지금 여기에 머무르며 생각하고 느낀 바를 표현해 내기위해 얼마나 최선을 다해

신철호, 『**In You**』, mixed media on canvas, 2020

치열했는가를 나타내줍니다. '지금 여기'에 존재하는 자신의 선택과 결단의 중요성을 새삼 다시 생각하게 됩니다. 자신의 세계를 생각한 대로 펼쳐내는 능력을 가진 사람들은 무슨 일을 하든 그 분야에서 일가견을 가지거나 새로운 지평을 여는 선구자가 될 가능성이 높습니다. 우리 아이들에게도 생각한 바를 이야기 하고 적게 하여 이를 실천하도록 응원하고 지지하고 격려하여야 합니다. 자신의 꿈을 마음껏 펼치고 성공하도록 우리 어른들이 도와주어야 합니다.

여러분은 '지금 여기의 삶'의 주인이라고 생각하시나요? 종이라 생각하시나요? 여러분에게 의미 있고 가치 있다고 생각하는 일생의 과업은 무엇인가요? 주인이라면 생각대로 행동에 옮기는 자율성을 챙기세요. 힘들더라도 생각을 통해 삶을 실천하는 용기가 필요하지 않을까요?

열정이 있는 한
꿈은 이뤄집니다

심장이 뛰는 한 절망은 없습니다.
열정이 있는 한 꿈은 이룰 수 있습니다.
                                    – 조미하

───────── 「꿈이 있는 한 나이는 없다」에 나온 멋진 구절입니
다. 요즘 청년에 대한 이야기가 화두로 제기됩니다. 과연 청년이
란 뭘까요? 육신의 젊음을 지칭할까요? 육신의 젊음으로 젊음을
한정하기에는 너무 속 빈 강정적인 규정일 것입니다. 저도 육신
이 늙어가기에 육신의 젊음을 시샘도 하지만 모습과 현상을 뛰어
넘는 눈에 보이지 않는 다양한 것들이 채워졌을 때 비로소 젊다
고 이야기할 수 있을 겁니다. 육신은 젊으나 생각이 고루하고 너
무 세속적이고 현상유지적이면 저는 그런 젊음은 원하지 않습니
다. 저라면 고루함을 넘어선 재기발랄한 신선함과 솔직하고 자유
분방한 개방성과 표현능력, 예측 불가능한 역동적인 느낌과 창의
성과 생동력, 세속에 물들지 않는 저항적인 개혁성향 등을 바탕으

신철호, 『**Balance of Eum & Yang**』, oil on canvas, 2012

로 현재에 안주하지 않고 꿈을 향해 도전하는 열정이 있어야 비로소 젊다고 말할 것입니다. 나이가 젊다고 하더라도 독선적 사고를 가지고 현실에 안주하는 이익을 추구하고 도전정신이 없다면 젊은이라 할 수 없습니다. 요즘의 청년이 너무 경제적 측면에 매몰되어감에 안타까움을 금할 수 없습니다. 꼰대 같은 이야기라고 생각할지 모르겠지만 삶에서 빵도 소중하지만 더 이상의 가치도 있다는 것을 알았으면 좋겠습니다. 그렇다면 젊음은 물리적 개념을 뛰어넘어 적용되어질 수 있는 것입니다. 나이가 먹어 가면 좋게는 야망을 거두고 모든 것을 받아들이며 관용적 태도로 살아갈 수 있습니다. 그것이 개인적인 것이라면 더욱 자신의 욕구를 들여다보고 버리는 것이 성숙한 삶일 것입니다. 그러나 그것이 공익에 이 바지하는 더 큰 가치를 지닌 일이라면 그 꿈을 버리지 않고 뛰는 가슴으로 열정적으로 헌신하는 것은 정말 의미 있는 일입니다. 이러한 사람을 저는 영원한 청년이라고 부릅니다.

청년에게 중요한 것이 무엇인가를 곰곰이 생각해 보니 뜨거운 심장과 열정입니다. '이 세상의 위대한 일 중에 열정 없이 이루어진 일은 없다.'는 스프랑거E. Spranger의 한마디는 제 가슴에 늘 남아 있습니다. 나이가 먹어도 저의 삶을 기쁨으로 넘치게 하는 말입니다. 사명감으로 뭔가를 이루려고 애쓰는 에너지인 열정은 나이 듦을 두렵지 않게 만드는 힘입니다. 이 세상에 와서 해야 할 가치 있는 일이 있고 그것을 해낼 용기와 열정이 있다면 평생토록 가슴 뛰는 젊음이 용솟음치는 것입니다. 자기실현을 위해 끊임없이 정진하는 삶은 희망입니다. 꿈★은 이루어지는 것입니다.

여러분은 무엇으로 가슴이 뛰고 행복하시나요? 여전히 열정이 여러분의 삶을 희망차고 즐겁게 하나요? 좌절과 시련이 와도 열정은 오뚝이처럼 삶을 다시 일어서게 하고 가슴 뛰게 하는 것입니다. 저도 숨겨져 있는 열정을 다시 깨우고 제 삶의 과업을 이루어 가겠습니다. 같이 파이팅하실까요?

인생은
채워지는 것입니다

> 인생은 흘러가는 것이 아니라 채워지는 것이다.
> 우리는 하루하루를 보내는 것이 아니라
> 내가 가진 무엇인가로 채워가는 것이다.
>
> **- 존 러스킨**

러스킨의 글을 읽으면서 '지금의 내 모습도 내가 살아온 흔적들로 채워졌구나' 하는 생각을 했습니다. 저도 어떤 분을 뵐 때 참 잘 사셨다는 말을 주저하지 않고 저절로 할 때가 있습니다. 그것은 그분이 걸어온 흔적을 몸에서부터 마음과 영혼에 이르기까지 맑고 밝고 고운 것으로 채웠기 때문이라고 생각하게 되었습니다. 자신의 삶을 바지런히 잘 정리하고 곱게 늙어간다는 것이 어떤 것인가를 새삼 생각하게 합니다.

'아름답고 곱게 채워간다는 것은 무엇을 의미할까'에 고민을 하면서, 살면서 어떤 것을 채워간다든지 어떤 것이 되려고 한다든지 무엇에 만약 어떤 것이 욕심을 내는 등의 생각과 행위로 채워졌다면 오히려 삶을 어지럽고 추하게 만드는 일이라는 것을 알았습니다. 깔끔하지 못한 삶이 되는 것이지요. 자연의 흐름에 맞추어 비바람과 혹독한 더위와 가뭄을 당연한 듯이 의연하게 이겨내고 자신도 모르는 사이에 가을이 오면 열매를 맺는 과수처럼 살아가는 것이 진정한 의미에서 삶이 채워진다는 것이 아닐까 생각을 했습니다. 모든 것을 수용하면서도 미움과 분노의 앙금을 남기지 않고 엄청난 시련이 와도 포기하지 않고 자신의 위치에서 최선을 다하는 삶이야말로 의미 있는 삶을 가꾸고 채워 결국은 자신이 추구하는 가치를 이루는 것입니다.

여러분은 삶을 잘 채워가시나요? 아니면 힘들고 어려우면 흘려보내버리신가요? 가치 없고 의미 없는 것은 흘려보내지만 자신의 영혼을 살찌우는 일에는 정성을 들여 채워야 하지 않을까요? 다시 파이팅하며 삶을 잘 꾸리고 보람으로 채워가 보실까요?

신철호, 『**In You**』, mixed media acrylic on wood board, 2020

근면이
성공의 지름길입니다

근면한 사람에게는 모든 것이 쉽고,
게으른 사람에게는 모든 것이 어렵기만 하다.
– 벤자민 프랭클린

───────── 성실하게 살았던 프랭클린이 할 수 있는 당연한 말입니다. 어떤 가치 있는 일을 하는 데 쉽게 이루어지는 일은 없습니다. 흔히 사람들은 다른 사람이 이룩한 일을 쉽게 생각하며 그것을 이루는 과정의 피와 땀과 열정을 잊습니다. 과정의 어려움을 알고 근면 성실한 노력을 아끼지 않고 최선을 다하면 성공하지만 게으른 사람은 모든 것이 어렵습니다. 심지어 자신을 억세게 운이 없는 사람으로 여깁니다. 그럴듯한 변명으로 합리화하는 것이겠지요. 불행한 삶의 시작입니다.

여러분에게는 진정 이루고 싶은 사명이나 목표가 있으신가요. 사명과 목표를 이루기 위해 어떤 노력을 하셨나요? 이룩하고자 하는 일이 절실할수록 더 부지런함이 요청됩니다. 이룰 수 있다는 희망을 버리지 않고 해낼 수 있다는 자신감을 갖는 것이 먼저지만 그것을 이루는 것은 목표를 향한 하루하루의 부지런입니다. 요행으로 이루어지는 일은 없습니다. 요행을 바라고 사는 로또마저도 당첨되기 위해 많은 노력을 기울인다고 하지 않습니까. 목표와 그것을 이루는 과정이 분명한 일을 성취하는 것에는 끊임없는 부지런함이 뒷받침되지 않으면 달성될 가능성은 없습니다. 최선을 다하고 운을 기다리는 것은 이해하나 천하태평의 나태함으로 요행을 바라는 것은 모든 일을 어렵게 만들고 패배자로 생을 마감케 합니다.

여러분은 이루고자 하는 일은 어려우시지요? 그러나 그 과정이 괴로우신가요 아니면 즐거운 일인가요? 그것은 태도가 '한 역할'을 합니다. 목표를 이룰 수 있다는 긍정성과 자신감을 갖고 한 땀 한 땀 바느질을 하는 성실한 자세로 근면하게 살아가시게요. 모든 일에는 과정과 절차가 있습니다. 천 리 길도 한 걸음부터입니다!^^

인정하는 말 한마디가
중요합니다

"그건 네가 너무 똑똑하기 때문이지.
누구의 혀도 네 똑똑한 머리를
따라갈 수는 없을 거야."

- 잭 웰치

─────── 제너럴 일렉트릭GE의 회장으로 세계적으로 경영자의 롤 모델이 되고 있는 웰치도 어린 시절 말을 더듬어서 놀림 받았고, 스스로 부끄러워하고 창피함을 느꼈던 것 같습니다. 이때 어머니가 자신을 인정하며 지지하고 격려한 이 한마디가 긍정적인 자세로 살아가게 한 계기가 되었음을 밝히고 있습니다.

우리 삶은 어린 시절 큰 영향을 미치는 부모님이나 선생님 등의 삶을 대하는 태도에 달려있다고 해도 과언이 아닙니다. 늘 긍정적이고 희망적인 메시지를 전하는 민주적이고 넉넉한 자상한 부모님을 둔 사람들은 행복하고 그 행복을 모든 사람과 함께 나누고 감사합니다. 시련이 오더라도 이겨내고 기회로 만들 수 있는 옹골찬 힘이 있습니다. 내면에 승자각본이 쓰여 있는 것이지요. 반대로 타인과 비교하여 열등감을 주고, 잘한 것에 반응하기보다는 못한 것을 나무라고 비난하며, 베푸는데 인색吝嗇하고 시기와 질투를 많이 하는 엄격한 부모를 둔 사람들은 자신도 모르게 하는 일에 자신이 없고 조그만 시련에도 무너지며 방향감각을 잃고 늘 핑곗거리를 찾고 남의 눈치를 보는 등 패자각본에 익숙해 있습니다. 부모님의 양육태도는 아무리 강조해도 지나치지 않습니다. 그런 의미에서 늘 잘잘못을 떠나서 따뜻한 사랑으로 저를 소중하게 감싸 주시고 긍정적인 사고로 저를 인정해 주신 부모님께 감사드립니다.

부모님의 따뜻한 사랑과 열정이 오늘날의 여러분을 있게 했다고 생각하시지 않나요? 그렇다면 감사하며 마음속에 소중히 간직하고 그 마음을 베풀어 가세요. 만약 여러분의 마음에 바람직하지 않은 부모님이 자리하고 있다면 용서하고 떠나보내시고 사랑으로 긍정성과 따뜻함을 주는 새로운 부모님으로 바꾸어 보세요. 여러분 스스로가 결정하면 바꿀 수 있습니다. 여러분의 마음속의 새로운 부모님이 여러분의 자식을 사랑과 긍정의 힘으로 양육하는 기반이 될 것입니다. 그러면 여러분의 삶도 편안하고 여러분의 자녀도 행복하게 되는 바탕이 될 테니까요. 파이팅!!

목적지를 향해
자신의 속도로 걸으세요

목적지를 분명히 알고,
그곳을 향하여 자신의 속도로 걷는 것,
이게 '진짜 걸음'인 것이다
— 윤선민

──────── 「당신만 바라보며 천천히 걷는다」의 저자 윤선민
은 삶의 목적지를 분명히 알고 자신의 삶을 진실하게 살 것을 조
언합니다. 삶의 궁극적 목적이 무엇인가를 되돌아보게 하며 삶에
숨고르기가 필요하다는 것을 알아차리게 한 귀중한 구절입니다.
제 삶이 '제 흐름'을 유지하며 가치를 품고 목적을 향해 잘 가고
있는지를 되묻게 했습니다. 무엇을 위해 사는 것이 바람직한 것인
지 돌아보고 그 성취과정을 점검하는 쉼과 여유는 필요합니다. 삶
이 주는 생명력은 우리가 언제 죽을지 모르기 때문에 언제 죽어도
그동안 잘 살았다고 느끼게끔 점검하며 스스로 행복하게 결정하
며 사는 것이 필요합니다. 웰 다잉well dying이란 이런 것이겠지요.
결국 웰 다잉은 나날의 참다운 삶의 결실입니다. 잘 사는 것은 잘

죽는 것과 연결됩니다.

 제 삶의 기조는 모든 생명이 더불어 행복한 생명살림이며, 지금 여기의 삶에 충실하며 즐기는 것입니다. 요즘의 문화의 흐름이 자신을 위해 다른 생명체의 존엄을 가볍게 여기는 경향이 있으며 미래의 불안 때문에 현재를 즐기지 못하는 경우가 많이 있습니다. 헛된 욕심과 욕망들이 진정한 행복을 방해합니다. 헛된 비교가 자신의 재능을 경시하고 결국 다른 사람이 가진 재능을 질투하고 그 때문에 미움과 증오를 키워 스스로 행복할 시간을 낭비하기도 합니다. 자신이 가진 장점과 능력을 세상에서 거리낌 없이 마음껏 펼치며 살아야 합니다. 그것이 다른 사람을 억누르거나 노예

신철호, 『**Space**』, acrylic on canvas, 2015

화시키지 않는다면 행복하게 공생하고 상생하는 바탕이 됩니다. 좋은 뜻을 같이한다는 것은 똑같은 일을 하는 것이 아니라 공동의 선을 위해 더불어 노력하는 것입니다. 문화 예술도 마찬가지입니다. 만들고 창작하고 시연하는 사람이 있으면 그 작품에 기뻐하고 좋아하는 사람들이 더불어 즐길 때 문화공동체가 형성됩니다. 같이 보람을 느끼고 즐거워하고 행복해하는 공동체가 늘었으면 좋겠습니다. 그러기 위해서는 속도 조절이 필요합니다. 빠르고 급한 걸음이 아닌 무리하지 않는 자신만의 속도로 주위를 돌아볼 수 있는 여유가 필요합니다. 결국 혼자 잘 사는 것을 넘어서 더불어 잘 사는 것을 실천할 때 더불어 행복한 세상이 됩니다,

목표를 향해 천천히 한 걸음씩 주위도 돌아보며 가고 계신가요? '욕속부달欲速不達'이라는 말이 있듯이 조급하지 않게 삶의 목표와 과정을 점검하며 더불어 함께하는 의미와 가치를 가진 행복을 누려보실까요?

신념과 인내가
성공의 계단입니다

신념과 인내는
성공의 계단이다
- J. C. 페니

———————— 가장 낮은 단위의 돈인 페니Penny이며, 첫 직업을 잡화점의 종업원으로 시작하여 백화점 왕이라 불린 페니의 삶의 지향인 위 구절은 우리가 성공하려면 새겨야 할 계명誡命과 같습니다. 이름인 페니는 근검절약의 상징적 의미를 갖고 있습니다. 또한, 그는 엘리베이터 벨보이로 발령받은 자신의 처지에 낙담하지 않고 소비자의 심리를 읽어내는 가장 좋은 곳이라고 긍정적으로 해석해서 목표를 향한 신념을 버리지 않고 참아내며 성공에 이른 것입니다.

그의 성공 뒤에는 또 다른 귀한 가치가 있었습니다. 돈을 벌어 사장이 되는 것에 머문 것이 아니라 직원들과 이익을 나누는 제도를 만들었다는 것입니다. 이는 단순한 성공이 아니라 신념이 있는 성공이라는 것을 보여줍니다. 신념을 이루기 위해서는 자신이 가진 생각을 멈추지 않고 바람직한 것인가를 보면서 치열하고 열정적으로 일을 해야 한다는 것입니다. 가치 있는 일은 피와 땀을 아우르는 인내와 노력이 없이는 이룰 수 없습니다. 페니에는 동전 한 닢의 의미뿐만 아니라 근검절약의 정신과 작더라도 한번 시작한 일은 끝까지 해야 한다는 뜻도 담고 있습니다. 가치적으로 따지자면 그의 삶은 구리로 만든 페니 한 닢을 넘어 금으로 만든 페니가 되었습니다. 페니는 자신의 가치 있는 신념을 이루기 위해 어려움을 참고 인내하여 마침내 그 꿈을 이루고 성공한 것입니다. 아무리 좋은 꿈을 가져도 자신의 처지를 긍정적으로 해석하며 참고 인내하는 수고와 노력이 없이는 이룰 수 없는 것입니다.

저도 계획한 일을 다시 점검해 봅니다. 제가 진정으로 원하는 일을 이루기 위해 어떻게 참고 견뎌냈는지를 생각하게 되었습니다. '인내는 쓰고 그 열매는 달다'는 말이 떠오릅니다.

여러분은 어떠신가요? 목표로 가진 일을 신념을 가지고 어려움을 이겨나가시나요? 힘겨우시다면 용기를 내시고 정진하십시오. 이 시점에서 자기 점검도 필요합니다. '할 수 있다!'는 자신감으로 파이팅하실까요?

고난과 시련은
나를 더 강하게 합니다

> 폭풍이 부는 것은
> 너를 쓰러뜨리기 위해서가 아니라,
> 사실은 네가 좀 더 강인해지도록
> 도와주기 위해서란다
> **– 조셉 M. 마셜**

―――――― 가끔 제가 건강 강의에 가서 '아픈 것은 건강하게 살아라'는 메시지를 동시에 준다'고 자주 말합니다. 이 말은 아파 봐야 몸이 주는 경고의 메시지에 귀 기울이며 조심하고 평소에 건강관리에 힘써서 결국은 건강하게 된다는 것입니다. 삶에서 부딪히는 고난과 시련도 마찬가지입니다. 어떻게 해석하느냐에 따라 더 행복하게 사는 밑거름이 될 수 있습니다.

마셜의 폭풍에 관한 이야기도 마찬가지입니다. 폭풍이 자주 부는 지역의 나무가 폭풍에 견디기 위해 뿌리를 깊이 내려 대비하듯이 폭풍과 같은 어려움은 사람을 좀 더 강인하게 합니다. 어떤 어려움을 당했을 때 어떻게 해석하고 대비하느냐에 따라 삶이 달라집니다. 저는 고난의 축복을 자주 얘기합니다만 때로는 고난이 더 큰 고난의 대비도 되고 더 큰 축복을 위한 준비가 되는 경우가 많았습니다. 문제는 고난에 쉽게 굴복하고 포기하는데 있습니다. 고난은 큰 인물로 커서 더 큰 일을 하라는 예방주사와 같은 것이라는 생각을 하면 시련은 우리를 쓰러뜨리기 위해 있는 것이 아니라 좀 더 강인하게 참고 견뎌 소원을 이루라는 축복입니다. 고난 속에 행복의 꽃이 숨어 있는 것이지요.

혹시 목표를 향해가는 데 장애요소는 없나요? 반드시 있을 텐데, 그 장애물을 어떻게 해석하시나요? 해석 여하에 따라 삶은 달라집니다. 어려움을 희망과 성장의 메시지로 바꾸는 축복이 여러분과 함께하시길 바랍니다.

신철호, 『**Untitled**』, mixed media on canvas, 2011

남의 말에 귀 기울이면
현명해집니다

배운 게 없다고 힘이 없다고 탓하지 마라.
나는 내 이름도 쓸 줄 몰랐으나
남의 말에 귀 기울이면서
현명해지는 법을 배웠다
- 칭기즈칸

─────── 영웅의 성장 과정은 뭐가 달라도 다릅니다. 형식적
교육이 아니라 비형식적 과정에서 이치와 지혜를 얻는 배움이 있
다는 것입니다. 보통의 사람들은 자신의 처지를 합리화하며 방어
와 핑계를 습관으로 살아갑니다. 한 시대를 뒤흔든 영웅 칭기즈칸
은 불우한 처지를 한탄과 불평으로 보내는 것이 아니라 다른 사람
의 훌륭한 말을 잘 들으면서 슬기로워지는 법을 알았던 것입니다.

위의 말은 지혜를 얻는 것을 문자에 가두지 않고 세상을 교과서
삼아 다른 사람의 말을 들으며 세상의 이치를 깨달아 호연지기를
펼친 칭기즈칸의 기개를 보여줍니다. 고인이 되셨지만 제가 스승
으로 모신 분도 배움이 적고 눈이 나빠 많은 독서를 하실 수 없었
으나 직접 체험에 도전하고 당신이 모르는 것은 저잣거리든, 강연

회든, 토론회든, 심지어 간단한 술자리에서조차 다른 분들의 말에 귀 기울이고 질문을 하여 의문을 풀고 답을 찾아내는 특출함이 있었습니다. 이러한 과정을 통해 이치를 깨닫고 오히려 문제해결 능력과 통찰력을 아우르는 현명함을 갖추게 되었다고 생각합니다. 상대방의 의견과 입장을 열린 마음으로 받아들여 자신의 방식으로 정리해낼 수 있는 지혜를 가진다는 것은 훌륭하다고 생각합니다. 늘 '땔나무꾼'이라 자신을 낮추셨지만 세상을 바라보는 나름의 이치를 깨달은 분이라고 생각하고 있습니다. 오히려 정규교육은 논리와 체계라는 틀의 프레임에 닫혀 고정되고 경직된 사고를 하게 하기도 합니다. 세상을 보는 눈이 열려있어야 현명해질 수 있습니다.

　여러분은 어떠신가요? 손바닥만 한 지식에 우쭐해하거나 주눅이 들지는 않으시나요? 저도 많은 반성을 했습니다. 쥐꼬리만 지식에 오만하고 때로는 열등감을 느꼈으니까요. 세상을 잘 사는 것은 가방끈, 즉 학력의 문제가 아니라 선현과 부모들처럼 많이 배우지는 못했어도 겸손하게 세상의 소리를 듣고 세상을 이치대로 슬기롭게 바라보는 지혜가 더 필요하다는 것을 다시 생각하게 되었습니다.

경거망동하지 말고
침묵 또한 배우세요

현명한 사람이 되려거든
사리에 맞게 묻고, 조심스럽게 듣고,
침착하게 대답하라.
그리고 더 할 말이 없으면 침묵을 배워라
– 라파엘로

─────── 가르치는 직업을 갖고 있는 저를 돌아보면 상대의
이야기에 귀 기울이고 사리에 맞게 묻는 것보다는 제 생각이나 의
견을 강요하거나 설득하기 위해 온갖 합리화하는 말들을 많이 썼
던 것 같습니다. 심지어 저와 의견이 다를 경우 그럴 수 있다는 생
각보다는 속으로 분노하고 무식한 탓이라고 깎아내린 적이 많았
습니다. 많은 반성과 함께 이제라도 용서를 구하고 싶습니다. 이
제라도 알게 된 것이 다행입니다. 왜 공자님이 50을 지천명至天命
이라 하고 60을 이순耳順이라고 한지 이해가 됩니다.

라파엘로가 '아테네학당'이라는 그림에서 수많은 철학자와 학
자들을 그리면서 어떤 생각했을까 추측도 해봅니다. 백가쟁명百
家爭鳴의 중국 춘추전국시대처럼 그리스도 많은 소피스트들이 나

신철호, 『**Hope**』, monoprint collage on arches, 2020

름의 주장을 두루 펼쳤었기 때문입니다. 자기의 주장과 지식이 밥벌이의 수단이었기에 궤변詭辯을 늘어놓을 수밖에 없었을 것입니다. 개인적으로는 결론과 자기주장을 합리화하기 위한 뻔한 긴 글을 좋아하지 않습니다. 모든 사람이 완벽하지 않기에 상대의 입장을 침착하게 받아들여 헤아려보고 모르거나 의심나는 것을 조심스럽게 묻는 것이 슬기롭다고 생각합니다.

저도 어렸을 적에는 쥐꼬리만 한 지식으로 아는 체를 많이 했던 것 같습니다. 외할아버지께서 많이 알고 머리가 영리하여 잘 알아

듣는다고 백통이라고 부르셨습니다. 그때만 해도 좋은 말씀이라고 기뻐하고 자랑스러워했습니다만 이제 와서 말씀을 곰곰이 되새겨보니 얕팍한 지식으로 아는체하지 마라는 가르침이 숨어 있었습니다. 이젠 조심해서 듣고 겸손하게 묻고 답해 상대의 입장을 존중하는 사람이 되기로 결심했습니다. 나아가 때로는 마음이 상했을 때도 절대자에게 온전히 맡기고 의견이 달라 상처 준 그분을 위해 기도하는, 침묵의 아름다움을 마음의 수양으로 삼으려 합니다.

여러분은 자신의 주장과 반한 의견에 어떻게 상대하시나요? 자신의 말만 다하고 상대의 이야기에 귀를 기울이지 않고 무시하나요? 아니면 상대의 이야기를 잘 들으면서 이해되지 않는 부분은 조심스럽게 묻고 자신의 입장도 침착하게 전하며 할 말이 없으면 침묵으로 응대하시나요? 저는 부족하였으나 앞으로는 더 잘 들으려 노력하며 살겠습니다.

사람은 성공하기 위해
태어납니다

사람은 실패가 아니라
성공하기 위해 태어난다
– 헨리 데이비드 소로

──────── 법정 스님이 즐겨 읽으셨다는 「월든」의 저자인 미국의 철학자 헨리 데이비드 소로가 남긴 멋진 말입니다. 한편 제가 즐겁고 행복하게 읽었던 뮤리얼 제임스와 도로시 종지우드의 「인간은 성공하기 위해 태어난다Born to win」는 교류분석의 입장에서 쓴 책이 생각납니다. 유아교육학자인 이원영 교수가 번역한 책을 원문과 대조하며 읽었습니다. 어떤 사람이 실패자로 살기를 바랄까요? 아마 없을 겁니다. 그러나 자신의 의지와 상관없이 태어나서 스스로의 삶을 책임을 질 수 없는 연약한 우리 모두는 어쩌면 날 때부터 우리의 생존을 책임지는 처음 대하는 부모로부터 자신의 삶에 대한 각본을 쓰고 인생태도를 형성하게 됩니다. 부모로부터 소중한 존재임을 인정받은 아이는 삶에 대해 승자각본을 행

복하게 쓰고 자타긍정의 인생태도를 갖게 되지만 그렇지 못한 아이들은 패자각본을 쓰면서 자타부정의 왜곡된 인생태도를 갖게 된다는 것입니다.

아무도 다른 사람의 삶에 관여하거나 어떻게 살라고 명령할 수는 없지만 약한 어린이는 부모와의 관계가 어떠한가에 따라 천사 같은 부모와 행복하게 상호 존중하는 주인으로의 삶을 살거나 자신을 억압하고 처벌하는 무서운 괴물 같은 부모에게 생존을 위해 눈치를 보며 순종하며 살면서 불행을 느끼며 심리적 상처를 안고 살아가게 됩니다. 이것이 어린 시절의 각본으로, 자신과 세상에 대한 눈을 갖게 됩니다. 그러기에 부모와 아이의 애착 형성이 중요합니다. 믿음과 사랑과 친밀감이 넘치는 부모와 자녀의 관계는 앞으로 자신감과 행복이 넘치는 성공적인 삶을 가꿔가는 견인차가 됩니다. 아이를 인생의 행복한 승자로 이끌어주는 중요한 역할을 하는 것입니다. 더 중요한 것은 어릴 때 부모가 상처를 주고 힘들게 해서 패자각본을 가졌다 하더라도 그것을 바꿀 수 있다는 것입니다. 자신이 삶의 주인이기에 삶에 관한 결정은 자신이 하는 것이지 부모나 다른 사람이 결정하는 것이 아니라는 것을 깨닫는 순간 자신이 재결정할 수 있다는 것입니다. 우리는 모두 성공하기 위해 태어난 소중한 존재이기 때문입니다.

지금 자신의 삶을 어떻게 생각하시나요? 불행한 패자라고 생각하시나요, 아니면 행복한 승자라고 생각하시나요? 지금까지 부모를 비롯한 다른 사람 때문에 불행했다고 생각하면 이제부터 바꾸어 보실까요? 여러분은 행복하기 살기 위해서 태어났고 그

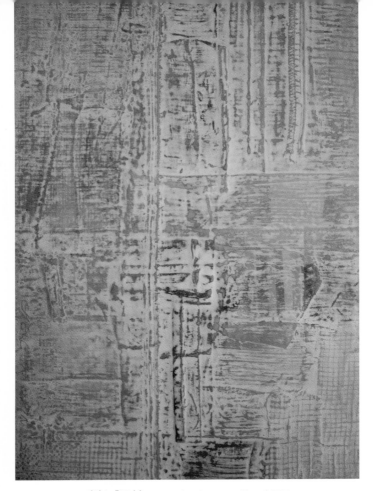

신철호, 『**Waiting**』, mixed media on wood board, 2020

결정은 자신만이 할 수 있습니다. 이제까지 실패한 삶을 살았다면 지금이라도 '나는 소중하다', '나는 세상에 꼭 필요한 존재다', '나는 나임을 사랑한다'고 외치며 삶을 바꾸겠다고 재결정해 보세요. 여러분은 행복하고 성공하기 위해 태어난 소중한 존재입니다. 함께 하시게요.

연륜 속에 아름다움이
함께합니다

연륜이 쌓여갈 때 비로소
그 사람의 진정한 아름다움을 알 수 있다
- **아누크 에메**

─────── '남과 여'라는 영화에서 강한 인상을 남긴 파리지엔느(파리 여성)인 지성파 배우 에메, 돌아가신 아버지와 태어난 해가 같아 더욱 친근감이 있습니다. 저의 이런 모습에서 추측건대 인간이라는 동물은 뭔가 공통점을 발견해 서로 친밀하려고 애쓰는 동물임이 틀림없습니다. 그런데 그녀의 매력은 지성을 가진 배우로서가 아니고 말 한마디에 있습니다. 나이가 들어 늘어나는 주름살에 자부심을 심어주는 아름다움을 아는 혜안慧眼입니다. 젊음의 매력은 아무리 강조해도 지나치지 않지만 만약 삶의 가치와 의미가 외면의 아름다움에 그친다면 우리의 나날은 추하게 늙어가는 비극의 연속입니다. 그것보다 더 중요한 것은 몸과 마음 그리고 영혼이 함께 아름답게 늙어가는 것입니다.

대학 때 지도교수께서 해주신 말씀이 떠올랐습니다. '젊음이 무조건 좋은 것으로 생각하지 말고, 늙어 감을 서러워하지 마라'는 말입니다. 젊음의 탱탱함과 비길 수 없는 아름다움이 주름이 늘어가는 황혼黃昏기에 있다는 것입니다. 마음의 성숙함뿐만 아니라 몸도 아름답고 매력적으로 늙어갈 수 있다는 것으로 이해했습니다. 저도 가끔은 '저렇게 곱게 늙어가면 좋겠다'는 생각이 드는 자애롭게 나이 드신 분의 모습을 본 적이 있습니다. 늙어 감을 꾸미고 감추려고만 하는 사람은 영혼도 떳떳하지 못합니다. 아름답게 늙어가는 것에 자신감을 갖고 연륜年輪의 매력魅力을 가꾸는 데 정성을 다해야겠습니다. 저도 제 얼굴에 책임을 지는 멋지고 아름다운 늙은이가 되기 위한 노력을 다해 가겠습니다.

어떠신지요? 나이 들어 늘어나는 주름이 싫으신가요? 아니면 그 주름 사이에 아름다움이 있음을 행복해하며 사시나요? 저는 후자의 삶을 살렵니다. 젊음은 빨리 지나가고 후회와 아쉬움을 가져올 수 있으니 매시간을 가볍게 여기지 말고 가치 있게 즐기시지요. 그러면 연륜 속에 아름다움이 함께할 것입니다.

지치지 않는
삶을 삽시다

성공의 커다란 비결은
결코 지치지 않는 인생으로 살아가는 것이다
– 알버트 슈바이처

모든 사람이 성공하기 위해 태어났다면 그 원동력
은 무엇일까요? 진정으로 하고 싶은 일을 하는 것일 것입니다. 하
고 싶은 일을 하면 힘든 일이 닥쳐도 지치지 않을 것이므로, 진정
으로 하고 싶은 일을 하는 것이 중요합니다. 슈바이처가 바로 그
런 사람입니다. 아프리카에 가서 의사로서의 봉사를 한 것도 진정
으로 원하는 일이고 마음에서 우러났기에 평생을 어려운 환경에
서도 성공적으로 수행했던 것입니다.

하고 싶지 않은 일을 할 때는 쉽게 지치고 갖은 핑계를 대며 하
지 않으려 할 것이고, 결과는 좋지 않아 후회가 남게 될 것입니다.
성공을 위해서는 자신의 자질과 능력을 충분히 고려하는 것이 먼
저이며 즐거움과 흥미가 덧붙여진다면 금상첨화입니다. 강요된

일이나 남 보기만 좋은 일은 힘을 마음껏 펼치지 못하기에 더 많은 힘이 들기에 지치게 됩니다. 설사 일이 이루어져도 기쁨과 보람이 크지 않습니다.

여러분이 지치지 않고 즐겁게 할 수 있는 일은 무엇인가요? 원하지는 않지만 남 보기에 좋아서 하시나요? 그것은 자신을 힘들게 하고 마음을 좀먹습니다. 진정으로 하고 싶고 가치 있는 일을 하세요. 결코 지치지 않고 즐거움과 보람을 선물로 받습니다. 슈바이처와 같은 사람이 되는 것이지요.

신철호, 『**You & I**』, mixed media on wood panel, 2016-2020

인생을 웃으며
의미 있게 삽시다

인생에서 가장 의미 없이 보낸 날은
웃지 않고 보낸 날이다
- E. E. 커밍스

—————— 커밍스는 화가이자 시인입니다. 시에서 유머, 세련
미, 사랑과 에로티즘에 대한 찬양, 구두점과 새로운 시각적 형식
의 시에 대한 실험적 창작을 했습니다. 시가 언어예술이자 시각적
예술이기도 하다는 것을 보여주었습니다. 그의 한마디는 충만한
삶에 웃음이 주는 의미를 명쾌하게 가르쳐주고 있습니다.

유행가 가사에 '슬픔을 묻어놓고 다 함께 차차차'라는 노래가
있습니다. 이 노래를 들으면 우선은 신나는데 뭔가를 감춰놓는 안
타까움이 있습니다. 감춰놓은 슬픔은 반드시 다시 나타나는 것이
지 사라지는 것은 아닙니다. 털어내야 문제가 풀립니다. 그래서
'웃음 한 번 크게 웃자고'라고 끝나는 유행가는 의미가 있습니다.
쌓아놓는 것이 아니라 털어버린다는 것이 좋습니다. 삭막한 세상

에 무슨 웃을 일이 있냐고 푸념하시는 분도 있을 것입니다. 다른 이에게 늘 상처받고 이용당해서 '믿을 놈이 없다'고 세상을 저주하고 증오하는 사람도 있을 것입니다. 좋은 일이 없으니 해맑게 웃는 사람을 보기도 쉽지 않고 자신도 그렇다고 말하는 사람도 많을 것입니다. 욕심과 속뜻을 버리고 아이처럼 순수하게 바라볼 때 아름다운 미소(웃음)를 던질 수 있을 겁니다. 마음에 바라는 것이 있으면 힘들 것입니다. 세상에서 모든 바람을 이룰 수는 없으니까요. 현실을 받아들이고 모든 것을 감사할 때 비로소 함박웃음이 자연스럽게 나올 것입니다. 만족스러워 웃는 것이 아니라 자신이 세상에 있는 것 자체가 기적임에 감사하면 웃음이 절로 나올 것입니다.

　여러분은 하루에 몇 번이나 웃으시나요? 어떻게 웃으시나요? 화통하게, 아니면 어정쩡하게, 심지어 냉소적으로 웃으시나요? 세상을 감사와 은총으로 여기면 나날이 행복하고 즐거운 곳이 될 것입니다. 화와 증오가 넘쳤던 하루는 의미 없고 지옥 같은 적이 많으시지요? 웃음으로 하루를 시작하는 행복을 만들어 보실까요?

강동호, 『시작의 풍경』, 캔버스 위에 아크릴, 2019

강동호

조선대학교 미술대학과 동 대학교 교육대학원을 졸업하고 개인전 10회와 80여 회의 단체전에 참여하였고 밝은 색감과 창의적인 작업으로 복잡한 세상을 살아가는 혼종의 이미지들을 유쾌하게 그려내며 어린아이와 같이 자유분방하고 상상력이 풍부한 작품 세계를 보여준다.

3
차라리 흠집 있는
옥이 되세요

다시 일어나는
영광을 누립시다

가장 큰 영광은 한 번도 실패하지 않는 것이 아니라
실패할 때마다 다시 일어서는 데 있다
- 공자

─────── 어떤 일이든 이루어내려면 실패에 대한 두려움 없이 도전하는 굽히지 않는 정신이 필요합니다. 아무것도 이루려고 하지 않으면 아무런 실패도 없을 것입니다. '실패한 경험이 없습니까?'라는 CEO의 질문에 '없습니다.'라고 대답한 입사지원자에게 불합격을 시켰다는 이야기를 들었는데 현명하다는 생각이 들었습니다. 우리는 실패로부터 반성과 통찰을 하며 문제를 슬기롭게 풀어가는 지혜를 얻습니다. 삶은 끊임없는 경험의 재구성에 따라 나아가고 발전합니다.

'희망을 품지 않는 자는 절망도 할 수 없다'는 버나드 쇼의 말처럼 꿈을 이루려 하는 자에게는 많은 장애와 시련이 있기 마련이고 이를 통해 절망하고 아파합니다. 「아프니까 청춘이다」는 책처럼 젊음은 현실과 이상 사이의 간격 때문에 힘들기 마련이고 이러한 아픔은 이겨나가는 과정을 통해 치유되고 성장하게 됩니다. 그래서 성장통을 이겨내고 일어서는 도전정신과 굴하지 않는 의지를 가졌다면 축복입니다. 젊다는 것도 실패의 아픔을 이겨낼 수 있는 힘이 있다는 뜻일 것입니다. 인생에는 시련이 있기 마련이고, 이겨낼 수 있다는 자신감으로 도전해간다면 나이에 상관없이 젊음을 가진 아름다운 청춘입니다.

쓰라린 실패의 고난이 찾아오면 어떻게 하시나요? 도전과 응전을 통해 역사의 진보가 이루어지듯이 개인도 마찬가지입니다. 다른 사람과 상황에 핑계 대지 않고 굳은 의지로 현명하게 대처하는 사람이 영광스러운 승리의 월계관을 보듬게 됩니다. 그것은 당신의 태도와 결정에 달려 있겠지요.

강동호, 『MAN』, acrylic on canvas, 2017

잘 견디는 자가
가장 잘 할 수 있습니다

가장 잘 견디는 자가
무엇이든지 가장 잘 할 수 있는 사람이다
- **밀턴**

──────── 잘 견딘다는 것은 무엇일까를 생각해봅니다. 저를 포함해 많은 사람은 때로 성급하게 어떤 일을 평가하고 판단하는 경향이 있습니다. 평가와 판단을 성급하게 자기 확신으로 몰고 가고 자신과 맞지 않을 때는 그것을 잣대로 삼는 경우가 있습니다. 모든 사람은 잘못과 실수가 있고 갈등과 실패를 겪을 수 있습니다. 자신의 욕구에 따른 판단을 마땅히 여기기 위해 생각이 물들고, 그 판단의 오류를 들여다보는 여유가 없어지며 불쾌한 감정들이 자신의 판단을 정당하다고 방어하는 쪽으로 흐르게 됩니다.

잘 견딘다는 것은 단순한 인내를 말하는 것이 아니라 여유를 가지고 두루 살피며 생각하는 기다림이 필요하다는 것입니다. 때로는 자신의 확신뿐만 아니라 다른 사람의 의견도 듣는 열린 마음이 필요하다는 것입니다. '서두르면 망친다'는 속담이 있듯이 늘 삶의 흔적과 행동을 되돌아보는 여유가 필요합니다. 자신의 생각과 판단이 어디에서 시작되었는지 되돌아보는 지혜, 이것이 인내입니다. 그래서 밀턴은 잘 견디는 자가 가장 잘할 수 있는 사람이라고 한 것 같습니다. 저도 좋은 결정과 판단을 내렸다고 생각이 들더라도 성급히 행하지 않고 다시 돌아보겠습니다. 비판은 겸허히 받아들여 돌아보며, 실패나 갈등을 새로운 성장과 발전의 계기로 여기겠습니다. 모든 일과 관계는 직선이 아닙니다. 세상을 자기중심적으로 단순화하고 빠르게 얻으려고 하는 것은 어리석은 일임을 다시 깨닫습니다.

여러분은 이해관계에 상관없이 사람과 사물을 잘 보기 위한 시간을 가지고 성찰하시나요? '내게 유리하면 좋고 불리하면 나쁘고'라는 자기중심적 생각은 없으시나요? 이해관계를 떠나 공동체의 안녕을 돌아보는 여유를 가지시면 가장 잘할 수 있는 사람이 되실 것입니다. 저도 노력하겠습니다.

자신감은
위대합니다

자신감은 위대한 과업의 첫째 요건이다
- 사무엘 존슨

―――――― 존슨은 옥스포드대에 들어간 수재지만 가난해서 학업을 마치지는 못했습니다. 그러나 1755년 영국에서 영어사전을 처음 만든 시인이자 평론가입니다. '위대한 업적을 이룬 것은 힘이 아니라 불굴의 노력이다', '하루에 3시간을 걸으면 7년 후에 지구를 한 바퀴 돌 수 있다'는 노력과 자신감으로 사전을 만들었을 것입니다. 흔히 학교 졸업장으로 사람을 평가하는 경향이 있지만, 졸업장이 중요한 것이 아니라 평생 그가 무슨 책을 읽고 어떤 가치와 목적을 가지고 그것을 이루기 위해 얼마나 노력했느냐가 중요합니다. 그 바탕에는 세상의 편견을 떨쳐낼 수 있다는 자신감이 있어야 합니다. 그러기에 실러의 '소심한 사람은 성공할 확률이 낮다'는 말도 이치에 맞습니다.

자신감은 어떤 일을 해가는 원동력입니다. 자신에 대한 좋은 감정과 자기존중감이 포함되어 있기에 위대한 과업뿐만 아니라 모든 일의 첫째 요건입니다. 자신감에는 도전정신과 진취적 기상뿐만 아니라 일의 목표에 대한 분명한 설정과 목표를 이루기 위한 자세한 계획을 세울 수 있는 지혜가 필요하며 성실한 노력이 뒤따라야 합니다.

일을 시작할 때 자신감이 넘치시나요, 아니면 불안과 두려움이 일의 시작을 방해하나요? 모든 일에는 위험과 어려움이 도사리고 있고, 일을 벌이지 않으면 근심과 걱정이 없겠지만 아무 것도 이룰 수 없고 어떤 변화도 일어나지 않습니다. 그러기에 도전정신과 자신감이 새로운 역사를 쓰는 계기가 되는 것이지요. 자기의 소명에 대해 생각하고 용기를 가지고 실천하는 자신감이 무엇보다 필요합니다.

강동호, 『**시작의 풍경 1**』, 캔버스 위에 아크릴, 2019

차라리 흠집 있는
옥이 되세요

흠집 없는 조약돌보다
흠집 있는 옥이 낫다
- 공자

──────── 아이가 크는데 성장 통이 있는 것처럼 사람이 자신
의 그릇을 만드는데도 혹독한 시련이 오고 흠집이 드러나는 과정
이 있습니다. 어떤 개인을 당장 평가하기는 어렵지만, 모나지 않
고 무난한 것이 좋은 것이라고 생각하는 저도 흠집 없이 태평하게
관계 맺고 문제없이 살아가는 것이 좋은 것이라 생각했습니다. 공
자의 흠집 있는 옥이 낫다는 말에 정신이 바짝 들었습니다. 내 생
각과 다르고 모나더라도 상대의 그릇과 자신감과 배짱과 도전을
존중해야겠다는 생각을 했습니다.

어느 날 '모난 돌이 정 맞는다'는 말의 새로운 뜻을 생각해보았
습니다. 사회는 모난 돌 때문에 성장하고 발전합니다. 대립과 갈
등을 통해 크는 것입니다. 나와 생각이 같다는 이유만으로 관계

를 긍정적으로 생각하는 것이 아니라 생각이 다르더라도 상대의 그릇이 크고 보물 같은 존재인가를 생각하고 돌아보는 사람이 되어야겠습니다. 이 세상에 귀한 보물이 하나만 있을까요? 그 귀한 보물이 되는 과정은 연마硏磨가 반드시 필요하겠지요? 그 과정에 흠집도 생기겠지만 그 흠집을 어떻게 보느냐가 잘 살아가는 방법의 하나가 아닐까요? 화이부동和而不同의 뜻을 되새깁니다. 자신과 다르다고 비난하고 몰아붙이는 것이 아니라 다르더라도 통할 수 있는 사람이 통 큰 사람입니다. 세태에 너무 흔들리지 않는 큰 그릇을 만나고 싶습니다.

여러분은 어떠신가요? 이해관계와 얄팍한 동조와 아부에 가까운 칭찬에 근거하여 흔들렸던 제 삶을 반성합니다. 저를 반대하고 생각이 다른 사람을 제 잣대로 무시하고 저평가하고 심지어 인격모독까지 하지 않았나 반성해봅니다. 옥과 같은 큰 그릇은 따로 있나 봅니다. 무사태평을 추구하는 소인배 같은, 조약돌 같은 저의 삶을 돌아봅니다. 다른 사람의 흠에 빠지기보다 그 사람의 보석 같은 그릇을 보려고 노력하는 사람이 되겠습니다.

솔선수범하는
사람이 되세요

리더쉽은 말로 행해지기보다는
태도와 행동으로 보여 진다
– 해럴드 제닌

──────── 「프로페셔날 CEO」, 「당신은 뼛속까지 경영자인
가?」의 저자이자 미국의 수중펌프업체 ITT의 CEO로 공룡화된 기
업을 혁신해 성공으로 이끈 경영자인 제닌의 리더쉽에 대한 견해
는 어느 집단의 리더이든지 본받아야 할 바람직한 덕목입니다. 지
시하고 명령하고 시키는 것보다는 솔선수범이 필요합니다.

제가 술을 잘 먹던 시절에 폭탄주를 마시며 하는 '5대 법칙(?)'
이라는 것이 있었는데 으뜸이 솔선수범입니다. '먼저 마시고 나
서 다른 사람에게 권하라'는 것입니다. 이는 모든 생활에 적용됩
니다. '자신이 하기 싫은 일을 다른 사람에게 시키거나 베풀지 마
라'는 공자의 말씀처럼 자신이 하기 싫은 일을 남에게 시키면 상
대는 되도록 핑계를 대서 안 하려고 하고, 하더라도 소극적일 것

입니다. 전투에서 상관이 앞장서는데 물러설 병사가 어디 있겠습니까? 명령만 하고 자신의 안전을 꾀하는 사령관 밑에는 오합지졸만 있겠지요. 힘든 일일수록 희생과 위험을 무릅쓰고 앞장서는 지도자 밑에는 죽음을 각오하는 사람이 넘치는 법입니다. 위기일수록 지도자가 행동으로 모범을 보여야 합니다.

어떠신가요? 제 삶을 돌아보니 부끄러운 일이 많네요. 반성합니다. 제가 지도자로 성장하지 못한 데는 위기의 시대를 살면서 다른 사람을 대신해 행동으로 모범을 보이지 못하고 책임을 회피하고 변명하며 비겁하게 말로만 했던 적이 많았기 때문인 것 같습니다. 리더로 성장할 여러분은 솔선수범率先垂範을 마음에 담고 실천하세요. 그러면 지도자로 우뚝 서실 겁니다.

아름다움은
문화의힘입니다

나는 우리나라가 세계에서
가장 아름다운 나라가 되기를 원한다.
가장 부강한 나라가 되기를 원치 않는다.
오직 한 없이 가지고 싶은 것이 있다.
그것은 바로 높은 문화의 힘이다

− 김구

──────── 제가 가장 존경하는 인물 중 한 분인 김구 선생님의
이 구절을 읽을 때 더욱 그를 사랑하게 됩니다. 문화의 힘과 멋을
아는 지도자였습니다. 그가 원칙적인 민족주의자이자 독립운동
가이며 통일운동가였다는 사실은 모두가 알고 있습니다. 김구 선
생님을 당시의 시대적 사명이자 과제로만 평가하는 것은 그분을
너무 편협하게 평가하는 것입니다. 그분이 더욱 훌륭한 것은 자
랑스러운 우리 문화의 자존심을 드높이고 싶은 멋지고 아름다운
꿈이 있었다는 것입니다. 그는 출신이 천하였고 형식적인 공부는
많이 못 했지만 세상을 꿰뚫어 보는 눈을 가진 뛰어난 인물이었
습니다.

요즘처럼 혼탁한 세상을 제대로 된 비전으로 이끌어 나갈 지도

강동호, 『축제의 시작』, 캔버스 위에 아크릴, 2019

자를 바라는 것은 우리 모두의 소원일 것입니다. 그럴수록 백범
선생이 그립습니다. 지금 계신다면 우리나라가 지향해야 할 올바
른 길이 무엇인지를 의지 넘치는 우렁찬 목소리로 깨우쳐 주셨을
것입니다. 세상의 풍파에 휩쓸리거나 이해관계에 물들지 않아 당
리당략과 사리사욕에 빠지지 않고 나라의 앞날을 맑고 밝게 설계
하고 실천에 옮기셨을 것입니다. 불평등과 차별로 기울어진 나라

를 공정하고 아름답게 바로 세우셨을 겁니다.

특히 나라를 자존심 있게 세우려 하면 경제적, 군사적 힘도 중요하지만, 문화적 힘이 크게 필요하다는 것을 온 국민에게 깨우쳤을 것입니다. 국가의 수준과 위상은 문화가 대변한다는 것을 믿습니다. 백범 선생 같은 지도자가 무척 그립습니다.

어떠신가요? '우선 먹고 살기 힘든 데 배부른 소리 마라', '무슨 소리하는 거야, 문화가 밥 먹어 주냐'라고 생각하시나요? 아니면 문화가 민족의 자존심이니 삶의 가치를 바로 세우는 것이 앞선다고 보고 지나치게 경제적인 삶을 지양止揚해야 한다고 생각하시는지요? 우리 모두, 자신을 바로 세우는 것뿐만 아니라 나라를 아름답게 세우는 데도 높은 문화가 필요하다는 것을 고민해보실까요? 저는 높은 문화의 힘을 믿습니다. 세상 방방곡곡에 우리의 자랑스러운 문화가 널리 퍼지고 있습니다. 김구 선생님이 지하에서 기뻐하실 겁니다.

소인배의 변명을
경계하세요

그릇이 작은 사람일수록
성공하면 제 자랑으로 삼고,
실패하면 그것을
남의 탓으로 돌리는 경향이 있다
― 채근담

──────── 흔히 '잘 되면 내 탓, 못 되면 조상 탓(또는 남의 탓)'
이라 합니다. 저는 이를 소인배의 변명이라 부릅니다. 그릇이 큰
사람은 오히려 실패에서 많은 지혜를 얻습니다. 그러기에 스마일
즈가 말하듯 한 번도 실패하지 않은 사람은 한 번도 새로운 일 또
는 좋은 일을 이루지 못한 사람일 것입니다. 심지어 페르프스는
'실패를 하지 않은 인간은 대개 아무 일도 하지 않은 인간이다'라
고까지 말합니다. 조그만 성공에 기뻐 날뛰는 얄팍한 사람이 되지
말아야 합니다.

가치 있는 삶을 사신 분들은 대개 자기 컴플렉스를 잘 알고 이
를 용기 있게 이겨냈거나 시련 속에서도 자신의 소중함을 깨달아
실패에서 오히려 많은 지혜와 교훈을 얻어 성공했습니다. 토마스

에디슨도 스티브 잡스도 실패를 딛고 일어선 대표적인 인물입니다. 실패해서 좌절을 하면 불행의 씨앗을 얻으나 실패를 통해 지혜를 얻으면 그 열매는 달답니다. 승자로 살 것인가, 패자로 살 것인가는 세상을 바라보는 시각에 달려있는 것입니다. 변명과 합리화와 자만으로 얼룩진 사람은 소인배로 살다가 가게 됩니다.

어떤 삶을 살고 싶으신가요? 조그만 성공을 키우고 자랑하는 소인배의 삶은 아니시겠지요? 더 가치가 있는 일을 위해 실패와 시련에 굳세게 대하고 지혜를 얻어 큰 인물로 커나가실 거지요? 통 크게 사십시다!

강동호, 『시작의 풍경 2』, 캔버스 위에 아크릴, 2018

의지의 그릇을
키우세요

> 사람을 사람답게 살 수 있는 힘은
> 오직 의지에서 나온다.
> 물그릇이 있어야 물을 뜰 수 있다.
> 의지란 바로 그런 물그릇인 것이다
> **- 레오나르도 다 빈치**

──────── 천재작가 다 빈치의 삶을 보면 의지가 얼마나 중요
한 역할을 했는지 알 수 있습니다. 그는 30대 중반까지는 보통의
예술가밖에 되지 않았지만 더 훌륭한 삶을 살기 위해 인문학을 공
부하기로 결정하고 고전을 읽기 위해 30대 중반에 라틴어를 공부
하기로 했습니다. 당시의 평균수명이 30대 중반이었으니 얼마나
놀라운가요. 사람답게 살기 위해 뭔가를 배워야 한다는 사명감과
실천의지는 비합리적으로 보일지 모르지만, 배워야 할 정신입니
다. 문득 쇼펜하우어의 「의지의 표상으로서의 자유」라는 책이 떠
오릅니다. '자기 잘난 맛'과 '비합리적인 오기'도 필요합니다. 그
래야 자유롭다 할 수 있습니다.

다 빈치는 자신이 뛰어난 존재라는 것과 그 위대성을 분명히 드

러낼 수 있다고 믿었고, 의지를 높이 샀습니다. 자신에 대한 긍정과 소중히 여김은 자신을 들어 올려 어려움과 실패가 오더라도 견딜 수 있는 끈기와 참을성을 줍니다. 의지는 자신이 바라는 일을 가치 있게 만들어 가는 힘입니다. 공자님의 '군자불기君子不器'라는 말도 초지일관初志一貫한 의지의 크기를 이를 수도 있겠다는 생각도 했습니다. 생각을 실현케 하는 힘이 의지인 것입니다. 자신이 큰 인물이라는 생각이 의지를 키워 늦은 나이에 라틴어를 배워 고전을 읽게 하고 르네상스의 대표적 인물이 된 것입니다.

스스로를 위대하고 소중한 존재로 생각하시나요? 그저 평범한 존재로 여기시나요? 전자라면 그것을 어떻게 실현하시려 하시나요? 생각에 그치지 않고 그것을 실현할 수 있는 힘, 즉 의지를 키우시면 더 큰 인생이 펼쳐질 것이라 믿습니다.

긍정주의자가
되세요

나로 말할 것 같으면 긍정주의자인데,
다른 주의자가 돼봤자
별 쓸모가 없는 것 같기 때문이다.
– 윈스턴 처칠

─────── 저도 긍정주의자여서 확 들어왔습니다. 저는 다른
사람들로부터 세상을 너무 천진난만하고 낙관적으로 본다고 충
고를 듣습니다. 세상이 제가 보는 것처럼 호락호락하지 않다는 것
입니다. 맞는 말입니다. 저도 믿는 도끼에 발등 찍힌다는 말처럼
배신과 실패도 맛보았습니다. 그렇다고 해서 긍정주의를 대신할
다른 주의를 찾았거나 쓸모 있는 해결책이 없기에 여전히 힘들어
도 긍정주의자로 남을 작정입니다.

처칠이 말하는 긍정주의란 무조건 좋게 보는 긍정주의는 아닌
듯합니다. 현실을 바로 보되 어려움을 이겨내면 승리를 얻어낼 수
있다는 긍정주의입니다. 자신에게 닥친 좌절과 어려움이 가만히
있으면 좋은 쪽으로 갈 것이라는 '이 또한 지나가리라'는 생각은

아닙니다. 막연함에 바탕한 소극적 긍정주의가 아니라 적극적인 긍정주의입니다. 어떠한 시련이 오더라도 최선을 다하면 그것을 넘고 긍정적 결과를 얻을 수 있다는 긍정주의입니다. 이런 사람들에게 실패는 자신을 단단하게 하고 어려움을 이겨내며 가치 있는 것을 이루는 계기가 됩니다. 현실을 냉철하게 보고 적극적 대처로 긍정의 세계를 만드는 긍정주의자가 됩시다.

여러분은 시련은 축복을 위한 고난이라는 긍정주의자입니까? 쉽게 비관하고 무기력하게 대처하는 숙명주의자입니까? 후자는 아니시지요? 후자라면 패배주의에서 벗어나 삶을 긍정적으로 바라보고 대처하는 희망을 꿈꾸는 긍정주의자로 한발씩 나아가시기 바랍니다. 더 나은 행복이 기다리고 있습니다!

강동호, 『알 수 없는 말을 하다』, acrylic on canvas, 2017

오늘 하루가
중요합니다

보편적인 착각의 하나는 현재를 결정 내리기에
가장 어려운 시기라고 생각하는 것이다.
그러나 오늘 하루는 가장 중요한 날임을 명심하라
– 랠프 왈도 에머슨

──────── 에머슨은 미국의 유리테리언파의 목사였지만 교회를 떠나 '모든 피조물은 본질상 하나이고 인간은 선하며 가장 심오한 진리를 밝히는 데는 논리나 경험보다 통찰력이 더 낫다'는 믿음을 갖고 있습니다. 자기충족과 정신적 잠재력인 내적 믿음에 바탕한 스스로 얻는 계시를 찾는 초절超絶주의자로 '해방된 자유로운 신학자'이자 '문학적 철학자'이기도 합니다. 나날의 소중함을 강조하는 윗글은 많은 사람들이 동의합니다. 한계가 많은 존재인 인간에게 오늘 하루가 가장 중요한 날인 것입니다.

하루하루는 처음이자 마지막인 날입니다. 그래서 현재의 삶을 위해 선택하고 결정하는 일을 당연히 그리고 즐겁게 해야 합니다. 그러나 대부분의 사람은 오늘 해야 하는 결정이 너무 어렵다고 시간을 더 달라 하고 미루기를 밥 먹듯이 하며 힘들어합니다. 심지어 결정을 대신해달라고 합니다. 제가 겪은 경험 중 하나는 오늘의 기분과 통찰을 담아 쓴 글이 지워져서 내일 써야 할 경우 다음 날은 같은 주제로 쓰더라도 달라진다는 사실입니다. 어제의 생각과 느낌이 어제의 내일인 오늘의 생각과 다릅니다. 오늘이 다음 날과 같지 않은 또 다른 하루이기 때문입니다. 그래서 오늘의 결정을 내일로 미루어 더 바람직한 결과를 얻을 수 있을지는 의문이고, 얻었다 할지라도 어제는 허비된 하루에 불과한 것입니다. 지나간 하루는 내일의 하루와는 분명히 다릅니다. 오늘 하루는 어떤 일을 결정하는 가장 중요한 날임을 명심해야 합니다.

오늘 하루 어떻게 사셨나요? 부딪히는 문제를 미루지 않고 결정하셨나요? 아니면 오늘 일을 내일로 미루며 하루를 보내시나요? '오늘'은 지금과 여기라는 공간과 나의 역동적 관계 속에서 생명력이 있습니다. 이 세 개 중에 어느 것이 빠지면 그것은 환상에 불과할 것입니다. 오늘이 마지막 날이라 생각하고 결정을 미루지 않는 소중한 날 되시길 빕니다.

당신이 되고 싶은
존재가 되세요

당신이 되고 싶은 어떤 존재가 되기에는
지금도 절대 늦지 않았다
- 조지 엘리엇

———————— 빅토리아시대를 대표하는 소설가로 실제 이름은
메리 앤 에반스입니다. 이혼금지법이 있었던 당시에 유부남인 조
지 헨리 루이스와 결혼한 스캔들로 얼룩진 자신의 삶이 논쟁거리
가 되지 않고, 여성이라고 깎아내려지는 것을 원치 않아 남자 이
름을 필명으로 썼습니다. 그녀의 예술적이고 지적인 통찰력은 근
대소설의 특징인 심리분석기법을 발전시켜 여류소설가의 위상
을 높였습니다. 그녀 때문에 빅토리아시대 후기에는 여류작가들
이 남성 필명을 쓰지 않고 당당히 자신의 이름을 썼습니다. 루이
스가 죽을 때까지 행복하게 해로한 뒤, 자신의 수입을 관리해주던
21세 연하의 은행가 존 월터 크로스와 혼인하고 안타깝게도 그해
12월 22일 신장병으로 사망했습니다. 그녀의 생애가 보여주듯 진

강동호, 『**보이지 않는 힘**』, 캔버스 위에 아크릴, 2019

보적 자유주의자로서 그녀는 충분히 자신 있게 "당신이 되고 싶은 어떤 존재가 되기에는 지금도 절대 늦지 않았다"라고 말할 자격이 있었습니다.

여러분이 원했는데 이제는 늦었다고 생각하는 일이 있으면 엘리엇의 말을 믿고 다시 추진했으면 합니다. 이 세상에 와서 '진정한 자기'로 살아간다는 것은 무엇보다 중요한 일입니다. 흔히 자신이 이루지 못한 일을 부모 때문에, 자식 때문에, 남편 때문에,

상사나 부하직원 등 다른 사람 때문이라고 핑계 대고 합리화합니다. 진정으로 중요한 일이라면 눈치를 받고 미움을 받을지라도 추진하고 이뤄내는 신념과 용기가 필요합니다. 버나드 쇼의 묘비처럼 '어영부영하다 이럴 줄 알았어', '눈치 보다 그럴 줄 알았어'라는 말을 비문에 새겨서는 안 됩니다.

자신이 원하는 일을 이루었다면 축하할 일이지만 그렇지 않다면 오늘은 자신이 진정으로 원했고, 지금도 원하는 것이 무엇인지를 생각하고 용기 있게 착수하시길 바랍니다. 시작은 절대 늦는 법은 없습니다. 가치 있는 삶을 위해 파이팅합시다!

좋은 생각은
바로 행동으로 옮기세요

훌륭한 생각을 하는 사람은 많지만,
행동으로 옮기는 사람은 드물다
– 커넬 할랜드 샌더스

─────── KFC의 인자하고 성격 좋아 보이는 할아버지로 알려진 샌더스는 사실 5살에 아버지를 여의고 갖은 어려움을 겪고 다채로운 직업을 가졌던 파란만장한 삶을 살았습니다. 더욱이 65세의 나이에 1008번의 거절을 당한 끝에 오늘날의 KFC를 세웠으니 생각을 실천으로 옮긴 대표적인 사람이겠지요. 훌륭한 생각도 실천하지 않으면 무용지물無用之物인데 세상에는 생각만 하고 실천은 남이 해주기를 기대하는 사람도 많습니다. 부끄럽게 저도 한때 그랬던 사람입니다. 생각을 실천에 옮기는 일이야말로 삶의 성장과 믿음을 위해 가장 앞세워야 할 일입니다.

저도 생각이나 약속은 실천해야 의미가 있다는 것을 늘 강조합니다. 말과 행동은 밖으로 드러나는 것이기에 신중할 수 있으나 드러내지 않는 훌륭한 생각들은 다른 사람들에게 알리지 않으면 생각으로만 머물다가 모르는 사이에 쉽게 사라집니다. 그러기에 저도 그렇지만 남들에게도 실천하고 싶은 좋은 생각은 꼭 말로 표현하라고 합니다. 이는 책임감을 가지게 합니다. 말은 실천이 되었을 때 비로소 힘을 갖는데, 훌륭한 생각을 실천하기 위해서는 말로써 표현하는 것이 먼저입니다. 물론 스스로에게 한 약속과 생각을 다른 사람과의 관계와 상관없이 잘 실천할 수도 있으나 다른 사람과의 대화를 하면서 자신의 생각에 모순과 한계는 없는가를 검증할 수 있어 더 훌륭한 생각으로 거듭나게 할 수 있고 강하게 실천해 갈 수 있는 용기와 믿음을 갖게 됩니다. 샌더스의 1008번의 거절은 생각을 실천해 옮기기 위한 대화의 과정이기도 했을 것입니다. 그 과정을 넘어서 포기하지 않고 실천했기에 성공의 발판이 된 것입니다.

여러분은 실천해 옮기고 싶은 생각이 있으신가요? 저는 수많은 대화를 하면서 생명살림과 문화예술의 공동체 실현에 대한 제 생각을 더 분명하게 다듬어가고 있습니다. 이 책에 좋아하는 화가들의 그림을 같이 실은 것도 실천의 하나입니다. 제 생의 과제이고 좋은 생각이기에 꼭 실천할 것입니다. 많은 출판비의 부담을 마다 않고 어려운 시기에 출판을 결정한 스타북스 사장님의 출판 정신도 좋은 생각을 실천한 예일 겁니다. 서로 용기를 북돋고 격려를 하며 훌륭한 생각은 꼭 실천해 이뤄보시게요.

강동호, 『빛을 가진 사람』, acrylic on canvas, 2021

장애는 새로운 것을
가르쳐줍니다

나는 폭풍이 두렵지 않다.
나의 배로 항해하는 법을 배우고 있으니까
– 헬렌 켈러

──────── 유태인의 교육법에 '고기를 주는 것보다 고기 잡는 법을 가르쳐라'는 구절이 떠오릅니다. 어쩌면 교육은 자율성을 키워주는, 인간이 개발한 최선의 방책일 것입니다. 문제에 부딪 혔을 때 현명하게 대처하고 이겨내는 지혜를 배우고 익힌다면 어 떤 폭풍우가 몰아쳐도 두렵지 않을 것입니다. 자신의 삶을 스스로 책임지고 해결해 나가는 독립된 존재임을 당당하게 보여주는 자 부심이 필요합니다.

헬렌 켈러는 많은 장애를 가졌지만 많은 어렵고 힘든 점을 이겨 낼 수 있다는 자신감에 차 있었습니다. 장애를 가졌지만, 그것이 문제가 되지 않을 만큼 이겨낼 방법을 알고 있다는 자신감을 보이 고 있는 것입니다. 세상을 잘 사는 방법은 남과 환경을 탓하거나 운수를 바라는 것이 아니라 자신감을 갖고 어떤 시련에도 굽히지 않고 이겨낼 수 있는 힘을 기르는 것입니다. 헬렌 켈러는 항해하는 법을 제대로 배우고 있으니 폭풍이 몰아쳐도 순항順航할 수 있다는 자신감으로 가득 차 있습니다. 역경逆境은 풀어갈 대상이지 재앙이나 장애는 아니라는 것을 분명히 하고 있습니다.

여러분은 역경에 부딪혔을 때 해결책은 가지고 계시나요? 그렇지 못하다면 지금부터라도 자신감과 긍정적인 마음가짐으로 해결책을 배우고 익혀야 하지 않을까요? '이 또한 지나가리라'는 막연한 위안보다는 굳은 마음으로 결정하고 선택하고 책임질 수 있는 자율적 대처법을 열심히 배워서 실천하는 자세가 필요하지 않을까 합니다.

강동호, 『**Super Sapiens 2**』, acrylic on canvas, 2020

성공의 비결은
천성과 공부,
부단한 노력입니다

어떤 분야에서 유능해지고 성공하기 위해서는
3가지가 필요하다.
타고난 천성과 공부
그리고 부단한 노력이다
– 헨리 위드 비처

──────── 천성은 어떤 분야에 타고난 천재성이나 재주를 뜻할 것이기에 인간의 의지가 펼쳐지는 것은 공부와 노력입니다. 그렇다면 먼저 하려는 일에 타고난 재능을 살펴보고 다음은 혼신의 힘을 다해 공부하고 노력하는 일일 것입니다. '천재는 1%의 영감과 99%의 피땀 어린 노력의 산물이다'는 말처럼 1%의 영감은 타고난 재주일 것이고 나머지는 절차탁마切磋琢磨하는 자세가 결정짓는 것입니다.

'남다른 노력을 기울이지 않고 남다른 보람을 기다리는 사람은 훔쳐 온 플라스틱 꽃나무에 나비가 날아오기를 기다리는 사람과 같다'는 이외수의 표현은 딱입니다. 어떤 것에 소질을 갖고 계발啓發하는 일은 공부의 본질이고, 남다른 노력은 그것을 계발하기 위해 물 흐르듯 즐겁게 집중하는 몰입과 실패의 시련도 이겨내는 용기가 내포되어 있습니다. '인내는 고통을 포함하기에 쓰지만, 그 열매는 달다'는 말처럼 어떤 것을 꽃피우는 데는 힘들고 어려운 과정과 절차가 있다는 것을 명심해야 합니다. 플라스틱 꽃나무에는 새로운 꽃이 피기를 기대할 수 없고 나비가 날아오기를 바랄 수도 없습니다. 원래 천성적 소질이 없음을 상징하고, 천성적소질이 없이 노력만으로는 성공이 힘들기에 1%의 영감은 성공의씨앗이고 바탕인 것입니다. 천재적 소질이 있어도 노력하지 않으면 전혀 소질이 없어 노력해도 안 되는 것과 마찬가지라는 뜻입니다. 그래서 선천과 후천을 아우르는 숨겨진 천성적 소질을 찾는일, 그리고 공부와 노력은 성공의 꽃을 피우는 3요소가 되는 것입니다.

여러분은 타고난 천성을 알고 공부하고 노력하고 계신가요? 자신에 대한 부단한 탐색으로 타고난 재능 즉 천성을 찾아내고 꽃피우기 위해 공부하고 노력하여 성공하는 행복과 즐거움을 가지시기 바랍니다. 스스로 잘 살고 있는지 돌아보는 하루 만들어보시면 어떨까요?

강동권, 「사랑이」, oil on canvas, 2020

강동권

조선대학교 미술대학 박사과정을 수료하고 개인전 7회와 세계 수영선수권대회 개막식 미디어아
트 특별전 등 100여 회의 단체전에 참여하였고 꽃이 가장 눈부시고 아름다운 찰나의 순간을 기억
하며 그 사랑의 빛에 희망과 긍정의 의미를 담는다.

4

해석하기
나름입니다

파괴는 새로운 세상을
만나게 합니다

새는 알을 깨고 나온다.
알은 새의 세계다.
태어나려는 자는 한 세계를 파괴하여야만 한다.
새는 신에게로 날아간다.

- 헤르만 헤세

──────── 지금도 좋아하지만, 헤세의 책이라면 이해되든 되지 않든 무조건 좋아하던 시기가 있었습니다. 방황에 가까운 그의 방랑을 좋아했고 세상에 태어난 존재로서 가질 수밖에 없는 갈등과 고뇌를 진술하게 털어놓는 화법을 좋아했습니다. 고교 시절 '친구는 무엇인가?' 고민할 때 데미안을 읽었는데, 그때보다는 지금이 더 편견 없이 들여다볼 수 있는 여유가 생겼습니다. 친구를 사귀고 새로운 세상을 접하는 것은 자신의 틀을 깨지 않으면 불가능하다는 것을 깨닫게 하는 구절입니다.

새로운 친구와 새로운 세계를 만나는 것은 위험하고 모험적이며, 새 삶을 시작한다는 자체가 이제까지 누려왔던 편안한 삶을 깨는 일이기에 더욱 힘들지만 새로 태어나려면 거쳐야 하는 통과

의례입니다. 자신의 세계를 파괴하고 알을 깨고 나오는 일은 위대한 과정입니다. 그래야 새가 되어 하늘을 날고 신에게로 날아가는 것입니다. '진리가 너희를 자유롭게 하리라'는 말처럼 날마다 거리낌 없는 새로운 삶으로 거듭나기를 꿈꾸는 자는 반드시 겪어야 할 과정입니다. 구속하는 희망은 욕심이지만 자유로운 희망은 진리이며, 자신의 굴레에서 벗어나는 것이어서 신에게로 날아가는 주인공이 되는 것입니다.

여러분은 자신의 굴레와 욕심을 털어버리고 자유로운 진리의 세계로 함께하는 친구가 있나요? 아니면 도움이 되고 필요한 친구를 찾는데 열심이신가요? 저는 더 답답해지네요. 우리 모두 자신의 틀을 깨고, 힘들지만 자신을 새롭게 부활시키는 일을 먼저 한 뒤 아름다운 친구와의 비상飛上을 꿈꾸어 보실까요?

성공은
일과 놀이의 균형입니다

A가 인생의 성공이라면 A=x+y+z다.
x는 일, y는 놀이, z는 입을 다물고 있는 것이다.
– 알버트 아인슈타인

───────── 아인슈타인다운 공식이 머리를 상큼하게 합니다. 성공은 일과 놀이의 균형일 것입니다. 더 중요한 것은 입을 다물고 있는 것입니다. 잘 알다시피 입은 화를 부르는 문이고, 잘해 놓은 일을 말 한마디로 망치는 경우가 허다합니다. 침묵의 중요성을 다시 되새기게 합니다. 말은 한번 떠나면 엎질러진 물처럼 주워 담을 수 없습니다.

왜 일이 필요할까요? 그것은 가치의 실현일 것입니다. 자기에게 적합한 일을 한다는 것은 지구별에 자신을 있게 하는 근거이고, 이 세상에 필요하고 소중한 존재임을 알게 하는 것입니다. 일을 한다는 것이 자기실현이기도 하지만 못지않게 중요한 것은 즐거운 삶을 위한 놀이일 것입니다. 일만 하는 인간은 인간이면서

강동권, 『**사랑의 빛**』, oil on canvas, 2020

도 인간됨에 이르는데 부족한 존재임에 분명합니다. 요즘 워라밸이라 표현되는, 일과 삶의 균형이 중요하다는 의미를 담고 있습니다. 호이징가의 말처럼 인간은 '호모 루덴스' 놀이하는 인간이라는 것입니다. 갖가지 문화와 예술 등은 삶을 풍성하고 재미있게 하여 행복에 이르게 합니다. 입을 다문다는 것은 무엇을 뜻할까요? 그것은 소통의 중요성을 말하는 것입니다. 인간관계에서 언어적 교류는 중요한데, 언어적 교류로 게임도 하고 오해도 일어나고 갈등도 생깁니다. 인간이 관계 속의 존재라면 신중한 언어는 아무리 강조해도 지나치지 않습니다. 성급하고 얄팍하게 입을 놀리지 않고 다무는 것이 성공을 마무리 짓는 역할을 합니다. '호사다마好事多魔'라 할 때, '다마多魔'가 바로 제 생각으로는 언어적 질투, 실수, 경망에서 비롯되는 것이 아닌가 합니다. 그렇다고 비겁하게 불의에 타협하는 침묵까지 바람직하다는 것은 아닙니다.

아인슈타인의 성공공식을 어떻게 생각하시나요? 저는 명쾌하게 정리됐습니다. 사람은 항시 겸양謙讓하고 말을 함부로 하지 말고 조심해야 한다는 것입니다. 겉으로 보이는 것이 전부는 아닙니다. 즐거울 때나 힘들 때나 성공했을 때나 실패했을 때 함부로 판단하고 평가하여 이를 말로 옮기는 어리석음을 범하지 말아야 하겠지요. 열심히 일하고 즐겁게 놀며 성급히 평가와 판단하는 말은 삼가는 멋진 삶을 사시게요.

매일 매일을
기적처럼 사세요

인생을 살아가는데 오직 두 가지 방법밖에 없다.
하나는 아무것도 기적이 아닌 것처럼,
다른 하나는 모든 것이 기적인 것처럼 살아가는 것이다
*– **알버트 아인슈타인***

───────── 오늘 새벽에 눈을 뜨며 어떤 생각을 하셨나요? 오늘 하루의 새로운 삶이 기적이라 생각하나요? 아니면 일상의 반복일 뿐 기적 같은 감명과 축복은 없다고 생각하고 시작하나요? 아인슈타인의 말은 삶을 새롭게 바라보게 해줍니다. 나날의 삶이 지루하고 반복적이고 힘이 들더라도 바라보는 관점을 바꾸면 기적이고 축복이 된다는 사실을 잊고 사는 어리석음을 깨우쳐 준 것입니다. 비가 온 뒤에 비치는 햇살의 상쾌함과 밝음이 기분을 맑고 밝게 해주는 신비한 기운을 주지만 그 축복을 깨닫지 못하는 어리석음이 마음속 어둠으로 남겨져 있다는 사실이 안타깝습니다. 아침에 일어나 공복에 목을 타고 넘어가는 물 한잔을 음미할 수 있다면 삶을 깨우는 감격스러운 맛입니다. 익숙하기에 당연하

다고 여기고 날마다 마시는 물이 주는 고마움과 싱그러운 생명력을 잊고 살지 않는지 되돌아봅니다.

오늘도 하늘과 땅에 부끄러워하지 않고 하늘과 땅의 아름다움과 조화를 즐기며 선물을 준 조물주께 감사의 기도를 드리며, 부모·형제 친지와 주위 사람이 무탈하고, 좋아하는 책을 읽고 조그만 지혜를 나누는 즐거움과, 소박하지만 정성이 깃든 맛있는 밥을 나눌 수 있는 평범한 나날을 사는 것이야말로 행복이며 기적이고 축복입니다. 그럼에도 저를 비롯한 많은 사람들은 가지기 힘든 엄청난 것을 기적이라고 따로 이름 짓고 그것을 얻지 못했다고 스스로 불행을 자처하니 어리석기 그지없습니다. 저는 지금 숨을 쉬며 가벼운 마음으로 생각하고, 소박하지만 여러분께 저의 이야기를 진실하게 전할 수 있는 기적이 있음을 감사합니다. 하느님께서 만드신 세상은 저에게는 기적의 연속임이 분명합니다.

여러분은 나날이 무미건조하고 지루하고 고된 연속인가요? 때로는 힘들고 어렵지만 그럼에도 불구하고 놀랍고 기적 같으신가요? 여러분의 삶을 바라보는 시각과 선택에 따라 삶은 달라집니다. 저와 기적의 세계로 가는 여정旅程을 함께 하실까요?

강동권, 『사랑의 빛』, oil on canvas, 2020

해석하기
나름입니다

길을 가다가 돌이 나타나면
약자는 그것을 걸림돌이라 말하고
강자는 그것을 디딤돌이라고 말한다
― 토마스 칼라일

──────── 대자연은 신의 옷이고 모든 상징, 형식, 제도는 가공加工한 것에 불과하다고 주장하며 경험론과 공리주의에 도전한 의상철학자라 불리는 영국의 비평가 겸 역사가인 칼라일의 긍정적 도전정신이 담긴 멋진 말입니다. 성공한 사람들은 어렵고 힘든 상황과 여건을 기회 요인으로 봅니다. 장애를 만나고 실패의 아픔을 겪을 때도 또 다른 긍정적 요인을 찾아 성공의 기틀로 만듭니다. 사실 극복의 대상이 없으면 성장과 발전은 있을 수 없습니다. 풀기 어려운 문제를 해결하는 과정이 바로 발전의 길입니다.

같은 현상을 봐도 승자의 삶을 사는 사람과 패자의 삶을 사는 사람은 각각 다르게 느낍니다. 승자는 기회와 긍정의 요인을 우선 찾고 패자는 위험과 부정적 요인을 먼저 봅니다. 승자는 매사에

적극적이지만 패자는 소극적입니다. 승자는 장애를 또 다른 디딤돌로 보지만 패자는 걸림돌로 봅니다. 승자는 자기를 긍정하며 일의 책임을 스스로 지지만 패자는 자기를 부정적으로 보며 책임을 남과 상황 탓으로 돌리는 경우가 많습니다.

여러분은 위기를 기회로 보시나요, 위험 요인으로 보시나요? 세상은 어떻게 바라보고 해석하느냐에 따라 천당도 되고 지옥이 되기도 합니다. 아무리 척박하고 힘들더라도 더 힘을 내서 아름다운 희망의 터전으로 일구어 가보시게요. 어려움 속에 문제의 실마리와 성공의 열쇠가 함께 있음을 알고 으랏차차!! 힘내보실까요?

기회를 놓치지 않는
신중함을 가지세요

신중하지 않으면
찾아온 기회를 놓치기 일쑤이다.
– 퍼블릴리어스 사이러스

─────── 영어 공부할 때 낯익은 '성공은 친구를 만들고 역경
은 친구를 실험한다'는 표현이 사이러스의 또 다른 명언입니다.
'서두르면 망친다'는 격언을 차치하고라도 이익이나 욕망에 집착
하면 이루지 못할까 성급하게 되고 일을 망치게 됩니다. 저의 경
험도 이루고 싶은 일에 조급증이 있어 마음이 바빠져 상대를 그럴
듯한 논리로 속이는 경우도 있었습니다. 옳지 않은 일을 한 것이
죠. 어리석고 바보 같고 파렴치한 나쁜 짓을 한 것인데, 그렇게 해
서 얻은 것이 좋을 리가 없습니다.

자신이 하고 싶은 일일수록 더 치밀하게 검토하고 살펴보아야
합니다. 사람이 하는 일은 언제나 부족하고 모순투성입니다. '언
뜻 보기에 좋은 것이 과정과 결과까지 좋을 것'이라는 바람으로

착각을 하지만 그럴 경우는 적습니다. 반대로 언뜻 보기에 손해 볼 것 같고 안 좋을 것 같은 일이 오히려 이득이 되는 수도 많습니다. 그러기에 아무리 신중을 강조해도 지나치지 않고, 마찬가지로 사람도 성급히 판단하지 말아야 합니다. 관계도 신중하지 않으면 그르치기 일쑤입니다. 어쩌면 사람을 새로 만난다는 일은 모험과 같은 일입니다. '열 길 물속은 알아도 한 길 사람 속은 모른다'는 말처럼 잘 안다는 말과 친하다는 말은 쉬운 말은 아닙니다. 자신의 편의대로 상대를 믿는 것이지 상대를 제대로 알기는 어렵기 때문입니다. 만남도 이렇듯 신중해야 영원히 유지할 수 있는 것입니다. 우선 자신을 점검해야 합니다. 혹시 자신의 충동과 욕구에

강동권, 『사랑의 빛』, oil on canvas, 2020

바탕한 이해관계를 앞세우고 있지 않은지…. 상대를 충분히 받아들이고 이해하고 존중하고 있는가를 차분하게 통찰하는 여유가 있어야 합니다. 그렇지 않으면 진정으로 사귈 수 있는 좋은 기회를 놓칠 수 있습니다. 순간적인 이해관계에 근거한 조급한 사귐은 문제를 일으킵니다.

여러분은 사람 관계나 일을 어떻게 처리하시는지요, 신중하시리라 믿지만, 저처럼 서두르지는 않으셨는지요? 기회를 놓치지 않기 위해 성급한 시도로 시행착오를 수없이 겪고 목표를 이루기 전에 수많은 수정을 거치게 되지요. 그나마 많은 수정은 포기하는 것보다는 훨씬 낫지요. 그러나 앞으로는 차분함과 신중함으로 잘 통찰하시고 현명한 선택과 결정으로 기회를 놓치지 않고 목표를 이루는 지혜로운 사람이 되시길….

절대 허송세월
하지 마세요

절대 허송세월하지 마라.
책을 읽든지, 쓰든지, 기도하든지, 명상하든지,
또는 공익을 위해 노력하든지, 항시 뭔가를 하라.
– 토마스 아 켐피스

─────── 얼른 보기에는 일 중독자의 계명처럼 보이는 말이 읽을수록 무료하게 시간을 때우듯 보내는 현대인들에게 경종을 울립니다. 신부로서 아그니텐베르크 수도원 밖을 70년 이상 나가지 않고 금욕과 온건함을 앞세워 영적 생활을 성실하게 보냈던 켐피스는 성서 다음으로 많이 읽힌다는 「그리스도를 본받아」를 지은 장본이기도 하며 영성적 실천에서 보듯 이런 말을 할 자격이 충분합니다. 우리 주변에는 할 일이 많음에도 할 일이 없다고 외치는 불평만 하는 사람이 많습니다.

현대사회에서 우리에게 필요한 것은 무엇이며 왜 따분하게 느낄까요? '감각적이고 즐거움을 추구하는 삶이 주는 한계는 무엇일까', 이제 고민해야 할 때입니다. 세상에는 충분히 자신이 해야 할 일이 많음에도 순간적 이익이나 쾌락이 없으면 하지 않으려 하고 순간적인 쾌락을 얻고 나면 금방 싫증 내는 사람이 많습니다. 삶의 가치를 진중히 고민하고 주어진 시간을 좋은 선택과 결단으로 허송세월하지 말아야 합니다. 그러기 위해서는 뭔가를 해야 한다는 것입니다.

지금 하시는 일이 행복하고 즐거우신가요? 아니면 따분하시나요? 감옥 같은 수도원에서 70년 동안 밖에 나오지 않고 기도하고 명상하고 노동하고 책을 써서 우리의 삶에 영향을 미친 켐피스도 있잖습니까? 자신이 진정으로 바라고 추구하는 것이 무엇이냐에 따라 세상은 변합니다. 사람으로 태어나 뭔가는 해야 하지 않을까요? 점점 게을러지는 저를 각성시킵니다.

강동권, 『사랑의 향기』, oil on canvas, 2020

포기하는 것은
패배하는 것입니다

실패한 사람이 패배하는 것이 아니라
포기하는 사람이 패배하는 것이다.
- 장 파울

—————— 괴테와 비견比肩되는 소설가로 낭만주의 사조思
潮를 해명한 「미학입문」(1804)를 썼습니다. 작품에 공상과 비속
한 현실의 배합, 유머, 아이러니가 가득 찼다고 합니다. 대표작이
「거인」(4권, 1800-1803)입니다. 당시의 거인인 괴테와 대결하기 위
해서는 포기하지 않는 끈기가 필요했으리라 생각이 듭니다. 위 구
절을 읽으면서 처칠이 그의 모교인 해로우스쿨과 옥스포드대 졸
업식에서 '절대 포기하지 마라'는 말을 단 세 번 하고 끝낸 명연설
이 생각이 납니다.

시작이 반이라고 하지만 일을 하다 보면 어렵고 힘든 과정 즉
시련을 겪기 마련이고 포기하고 싶은 마음이 불쑥 듭니다. '이런
걸 해서 뭐 하려고 내가 죽을 고생을 하지?' 하는 생각입니다. 어

떤 일이든지 쉽게 이루어지면 보람과 가치는 적을 것입니다. 산고產苦를 거쳐 새 생명이 태어나듯 가치 있는 일은 어려움이 따르기 마련이고, 어려움을 이겨낸 이들이 세상을 바꾸는데 기여했고 존경을 받습니다. 찌는 무더위와 세찬 비바람을 견뎌야 열매를 맺고, 매서운 추위를 지내야 새싹이 돋아나듯이 혼신을 다하는 열정과 시련을 견뎌내는 인내로 바라는 일을 이룰 수 있습니다. 모든 좋은 것에는 좌절과 실패를 되풀이한 피땀어린 정성이 숨어있습니다. 그래서 힘들어 포기하고 싶은 유혹에도 결코, 결코, 절대 포기하지 말라는 것입니다.

여러분은 무엇을 꿈꾸시나요? 그 꿈을 이루는데 어떤 장애와 어려움이 있으신가요? 절대 포기하지 마세요. '포기해!', '그만 둬!'라고 말하는 사탄의 유혹에 넘어가지 마세요. 여러분은 충분히 해낼 수 있는 능력이 있고 주위에 여러분을 응원하는 많은 사람이 있음을 잊지 마십시오. 여전히 우리에겐 희망이 있습니다.

미련을 버리고
변화에 도전하세요

사라져 버린 치즈에 대한 미련을 빨리 버릴수록
새 치즈를 빨리 찾을 수 있다
- 스펜서 존슨

──────── 오래 전에 「내 치즈를 누가 옮겼나?」라는 책을 통해 얻었던 지혜를 나누고자 합니다. 저도 호기심은 많지만, 여전히 변화에 대한 두려움을 갖고 있습니다. 편안함을 버리고 새로운 것에 도전하고 변화를 즐기는 일은 말처럼 쉽지는 않습니다. 특히 한동안 안주하던 편안함을 벗어나 불편을 겪어야 할 때, 때로는 새로운 선택이 비난의 대상이 되고 한동안 선택한 스스로에게도 후회막심하기도 할 것입니다. 놓친 고기가 큰 것처럼 잃어버린 것은 더 많은 미련을 남깁니다.

사람들은 안정과 평화를 원하지, 변화는 두려워하고 싫어합니다. 특히 평안하다고 느끼는 시기에는 더 그렇습니다. 본질에 대한 논쟁은 여전하지만, 현상적인 측면에서 변화는 부인할 수 없습니다. 그러기에 변화에 대해 민감하게 느끼고 준비하여 두려움 없이 받아들이고 나아가 즐기기까지 하기 위해서는 많은 용기가 필요합니다. 안정에 대한 욕구의 충족을 위해서는 혁신과 변화의 측면을 양날의 칼처럼 고려해야 합니다. 처음에는 힘들어도 새로운 길을 찾는 일은 어렵지만, 안정기에도 지속해야 합니다. 이렇게 미래의 불안과 두려움을 이겨낸 준비하는 자에게만 또 다른 안정과 평화라는 선물이 주어집니다. '아, 옛날이여!'라는 미련을 빨리 버릴수록 새로운 축복과 행복이 찾아올 것입니다.

여러분은 변화에 어떻게 대응하시는지요. 당연히 받아들이고 즐기시나요? 아니면 현실에 안주하고 늦게 대처하여 후회하시나요? 안정된 때에도 감지 못하는 변화는 시작되고 있고, 그것을 느껴야 새 치즈를 즐길 수 있습니다. 두려움 없이 새로움을 받아들이는 용기가 필요합니다. 새 치즈에 도전해 보실까요?

강동권, 『사랑정원』, oil oncanvas, 2020

정직이
최선의 방책입니다

세상을 살아가는 데는
정직이 최선의 방책이다.
– 세르반테스

──────── 돈키호테의 저자 세르반테스의 말이 제가 좋아하는 칸트의 '정직이 어떤 정책보다 우선이다'라는 말의 원조임을 알았습니다. 세르반테스가 칸트처럼 정직하게 살았는가는 의문이지만 여하튼 거짓보다는 진실이 세상을 더 아름답게 볼 수 있는 바탕인 것은 분명합니다. 저도 남을 속이거나 합리화하기 위한 거짓을 한 적이 많았는데 양심을 자극하고 마음이 편하지 않았습니다. 칸트가 「실천이성 비판」에서 논한 '하늘에 별 총총 내 마음의 도덕률'이라는 구절이 저를 늘 부끄럽게 했습니다.

지금도 확실히 거짓말을 하지 않고 살 자신은 없지만 남을 위한 것이 아닌 제 이익을 위한 거짓은 되도록(약간 방어적?) 하지 말아야겠다는 결심을 합니다. 하늘을 우러러 한 점 부끄럼 없기를 이야기한 윤동주 시인의 삶이 대조되며 어디론가 숨고 싶은 마음뿐입니다. 인간의 수많은 욕심이 참되게 살지 못하게 하는 것 같습니다. 제 마음에서 수많은 욕심을 버리지 않는 한 정직은 멀기만 하다는 생각이 듭니다. 욕심을 덜어내고 사랑과 배려와 진실과 여유를 채워 넣는다면 정직은 언제든지 가능할 것입니다. 부끄러운 고백과 노력을 이야기하는 것은 저도 잘 살기 위해서입니다. 아름답고 행복한 진실이 소통되어 거리낌 없는 자유로운 삶을 위해서입니다.

여러분의 삶은 정직을 방침으로 하여 부끄럼 없이 행복하신가요? 아니면 저처럼 작위적인 정의와 진실의 포장으로 합리화하며 사시는가요? 완벽할 수는 없고, 절대적인 것은 아니지만, 정직이 다른 어떤 것보다는 최선의 방책이라는 말을 가슴에 새기며 살면 좋겠습니다. 같이 노력하시지요.

작은 만족과 유혹을
참고 견디세요

> 중요한 것은 눈앞에 펼쳐진
> 작은 만족과 유혹을 참고 견디면
> 언젠가 그 보상이 반드시 돌아온다는
> 굳건한 믿음을 갖는 자세일세.
> **– 호아킴 데 포사다, 엘렌 싱어**

「마시멜로 이야기」에 나오는 이 구절은 일을 성공적으로 해내기 위한 제언提言이기도 하지만 얄팍한 유혹에 넘어가 정작 해야 할 큰일을 그르치는 저에게도 교훈이 됩니다. 저도 마찬가지지만 사람들이 어떤 일을 이뤄가는 어려운 과정에서 가끔 찾아오는 편안함이나 휴식이 목표를 잃게 하고 안주安住를 유혹하는 수가 많습니다. 달콤한 유혹을 참아낸다는 것이 생각처럼 쉽지는 않습니다.

특히 자신이 진정으로 하고 싶은 일은 심리적으로 더 힘들게 느껴집니다. 간절함이 있기 때문에 '그만하면 됐어'라는 만족과 유혹에 흔들립니다. 그러면 결과는 뻔합니다. 자신이 바라는 수준에 못 미치게 되고 결국은 후회가 밀려옵니다. 마음이 급하고 일을 진행하는 시간이 여유롭고 차분하지 못하면 제대로 이루어지는 일은 없습니다. 작은 유혹과 만족을 참아내면 반드시 자신이 이루고 싶은 결과가 보상으로 온다는 확신을 가져야 합니다. 긍정적인 마음도 유혹을 견뎌내는 힘이 될 것입니다. 이뤄내고 싶은 욕구가 클수록 좀 더 많은 시간과 인내가 필요합니다.

여러분은 꼭 이루고 싶은 일이 있나요? 그 일을 해낼 능력이 있다고 생각하시나요? 어려움에 부딪혀 그만두고 싶은 욕구가 있거나 '이만하면 됐어'라고 만족하며 포기하고 싶을 때가 있으셨나요? 그럴 때는 어떻게 하시나요? 저도 그럴 때가 있었는데 자기 합리화를 하더라고요. 정신건강에는 좋을지 모르나 삶의 가치를 찾아가는데 있어서는 부끄러웠습니다. '인내는 쓰고 그 열매는 달다'는 말처럼 참고 기다림을 배워야겠습니다. 여러 유혹과 만족감을 참고 견디어 진정한 가치와 의미를 찾아가 보실까요?

강동권, 『사랑의 빛』, oil on canvas, 2020

모든 사람을
똑같이 공경하세요

자기보다 못하다고 생각하는 사람들에게는
무례하거나 퉁명스럽고,
자기보다 더 낫다고 생각하는 사람들을 공경한다면
당신은 평생 자신을 이등 시민으로 여기게 될 것이다
- 조지 와인버그

——————— 「셰익스피어가 가르쳐주는 세상 사는 지혜」의 공
동저자인 와인버그의 말은 제가 경계하며 명심하는 구절입니다.
제가 말소리가 크고 직선적이라 '같이 일하는 사람들에게 강압적
이고 무례하고 퉁명스럽게 여겨질 수 있겠구나' 하는 생각을 했
습니다. 어제의 경험이 새삼 떠오릅니다. 원칙에 가깝게 따져 묻
는 질문이 상대에게는 불편했겠구나 하는 생각을 했습니다. 거꾸
로 상대가 어렵고 모셔야 할 사람이면 그렇게 얘기했을까 하는 생
각에 많은 반성을 했습니다. 물론 제 상황이 스트레스 상황이었다
고 자위自慰는 하지만 성숙하지 못한 것은 분명합니다. 이등 시민
이 아니라 삼등 시민입니다. 또한 저의 나쁜 버릇 중에 하나가 친
해지면 상대의 입장을 고려치 않고 무리한 주문과 부탁을 마음대

로 한다는 것입니다. 상대의 입장을 고려한 정중함을 갖추어야 하겠다고 다짐합니다. 저의 무례한 부탁을 받고 상처받은 분이 있다면 용서를 청하고 싶습니다. 그러나 다소 무례했다고 해도 친밀하게 생각했다는 진실은 이해하기 바랍니다. 여하튼 제 입장에 치중하여 상대의 입장을 고려치 않은 것, 그나마 상대가 저보다 나으면 다행인데 상대가 지위까지 낮으면 저의 행동은 갑질 수준이다 싶으니 미안하기 짝이 없습니다.

친밀함을 떠나 상대의 의견을 존중하는 예의는 세상살이에 갖추어야 할 필수요소입니다. 제가 더 못한 사람, 더 잘난 사람 차별은 하지 않으니 그래도 다행입니다.

여러분은 혹시 저처럼 천박하고 몰지각한 행동을 한 적은 없나요? 있다면 지금 저와 같이 고쳐나가시게요! 상대에게 바라거나 인정받을 것 없으면 자유롭게 고칠 수 있고, 잘못을 깨닫는 순간 고쳐지기 시작한 것입니다. 이등 시민이 아닌 일등시민으로 아름답고 행복한 공동체를 함께 만들어 가보실까요?

흥미와 호기심에서
출발하세요

창의성은 무에서 유를 창조하는 것이 아니다.
창의성 사고의 하나인 유창성은
아이들의 흥미와 호기심에서 출발한다.
– 미하이 칙센트미하이

──────── 몰입의 열풍을 가져온 「몰입의 기술」의 저자이자
마틴 셀리그만과 긍정과 행복을 주제로 토론하고 연구한 칙센트
미하이의 말은 평범하고 당연하지만 곱씹어 볼 만합니다. 저는 아
이들에게 자유롭게 많은 경험을 할 기회를 주어야 한다는 입장입
니다. 많은 경험은 자연스럽게 확산된 열린 질문을 가능케 합니
다. 사물에 대한 아이들의 흥미와 호기심은 놀이와 재미의 형태로
변화되며 당연히 궁금한 것을 풀어나가는 몰입의 과정이 뒤따릅
니다.

강요된 것이 아닌 자발적인 흥미와 호기심은 집중과 즐거움이
물 흐르듯 나옵니다. 시간 가는 줄도, 피곤한 줄도 모르고 새롭고
다양한 방법들이 떠오릅니다. 이러한 과정에서 창의성이 자연스

럽게 형성되지 않을까요? 그렇다면 기존의 가치와 고정관념에 젖어 편안한 개구리로 살아가는 우리에게 필요한 것은 무엇일까요? 도전적이고 변화된 삶에 대한 두려움을 떨쳐버려야 한다는 것입니다. 익숙하고 편안한 것을 포기하는 것처럼 모험적인 일은 없습니다. 그러기에 나이가 들고 어른이 되면 새로움에 대한 도전은 더 어려워집니다. 그렇다면 우리의 교육은 분명히 잘못됐습니다. 어른들의 두려움이 아이들의 도전정신을 막아 정형화된 안전에 머물기 때문입니다. 자유롭게 산과 들로 바람처럼 다니며 만물을 흥미와 호기심으로 관찰하고 탐색하고 묻는 일이 중요합니다. 정형화된 프로그램으로 양계장 닭처럼 만들면 안 되는 것입니다. 자유롭게 관심영역을 찾고 몰입할 수 있도록 도와주어야 합니다.

어떠신가요? 스스로 생각하실 때 기존의 사고와 틀에 편안히 머무시나요? 아니면 새로운 관점, 세계에 접하는 것을 두려워하지 않고 도전을 즐기시나요? 아이들의 호기심과 흥미를 격려하시나요? 그들의 창의성을 키우기 위해 무슨 노력을 하고 계시는지요? 자신이 변하지 않으면 다른 사람의 변화에도 익숙지 않습니다. 스스로를 호기심 천국으로 만들면 어떨까요? 아이들에게 자유로이 뛰어놀 공간과 시간을 주는 것이 어른이 해야 할 일인 듯합니다.

숨쉬기만큼 간절히
지식을 원하세요

만일 그대가 숨쉬기를 원했던 만큼 지식을 원한다면
다양한 지식을 얻을 수 있다.
- 소크라테스

─────── '어떻게 하면 스승처럼 다양한 지식을 얻을 수 있지
요?'라는 질문에 소크라테스는 제자를 강가로 데려가 '물속에서
숨쉬기 힘들 만큼 기다리다가 나오라'고 하면서 물속에서 절실히
원했던 것이 무엇이냐고 묻자 제자는 공기라고 대답했습니다. 그
러자 소크라테스가 제자에게 한 말입니다. 우리가 세상에서 얻고
싶은 것은 많으나 얼마나 혼신의 노력을 기울였는가는 스스로에
게 물어볼 일입니다.

우리는 다른 사람이 이룩한 것에는 쉬운 요령이나 방법 또는 비
법이 있을 것이라 생각하고 그것을 알아내려고 애씁니다. 비법은
소크라테스의 말처럼 간단합니다. 물에 빠진 사람이 절실하게 숨
쉬기를 원했던 것처럼 절실함과 열정을 가지고 혼신의 힘을 다하

강동권, 『*사랑의 빛*』, oil on canvas, 2020

면 됩니다. 세태世態가 어려운 일은 피하고 쉽게 문제를 해결하고 자 하는 경향이 있지만 어떤 일이든지 공짜로 이루어지는 일은 없 다고 보면 맞습니다.

여러분은 간절히 이루고 싶은 일이 있으신지요? 그 일을 이루 기 위해 어떤 노력을 하고 있으신지요? 저나 여러분이나 큰 열정 과 혼신의 노력이 따를 때만 긍정적인 결과를 기대할 수 있다는 것을 마음에 간직합시다. 운이나 얕은 재주로 자신이 원하는 것을 얻을 수 없으니까요.

이민, 『설산 M』, 판타블로(캔버스+아크릴), 2019

이민

조선대학교 미술대학 학사. 일본 동경 다마미술대학원 석사를 하고 2002년대한민국 미술대전 심사. 개인전 79회를 하였고 판타블로 기법으로 자신만의 회화 세계를 구축하여 광주시 남구를 소재로 한 양림연화 99를 완성하고 현재는 제주도 이중섭 창작스튜디오에서 사람들의 일상 속 꿈과 희망을 전하는 작품을 하고 있다.

5
자기다워지세요

공명정대함을
실천하세요

> 누구나 거의 다 역경을 견뎌낼 수는 있지만,
> 그 인간의 됨됨이를 정말 실험해 보려면
> 그에게 권력을 줘보라.
> **– 에이브러햄 링컨**

——————— 어려움에 처해 있을 때 마음가짐과 실천의지에 따라 이겨내지 못할 역경은 없습니다. 이것이 사람의 위대한 점입니다. 위기는 항상 새로운 기회를 가져다주며, 인간의 역사가 이를 증명합니다. 어려울 때 지도자가 나타나고 그의 살신성인殺身成仁으로 변화와 개혁은 시작되고 틀이 잡힙니다. 권력행위는 전체를 위해 자신을 바치는 거룩한 희생이 내포된 아름다운 일이기도 하지만 자신의 의사결정에 따라 많은 사람이 따르는 신나는 일이기도 하기에 지도자가 개인의 영달榮達과 만족을 위해 전체와 조직을 위한다는 명분을 꾸며 독선을 하면 그 운명은 불을 보듯 뻔합니다.

지도자들은 '멸사봉공滅私奉公', '공명정대公明正大', '견리사의見

이민, 『차가운 겨울밤』, 판타블로 기법(캔버스＋우드락＋수용성잉크), 2020

利思義’ 등을 내세우지만 실천으로 옮기는 일처럼 매우 힘듭니다. 공과 사를 엄격히 나누는 일이 힘들기 때문입니다. 제갈량의 ‘읍참마속泣斬馬謖’에서도 보이듯이 전체의 질서를 잡고 공명정대함을 보여줘야 하는데 사적인 관계를 완전히 정리하기가 쉽지는 않습니다. 권력을 가진 자들이 권력을 잡기 위해 같이 고생한 사람들의 공功을 버리기도 힘듭니다. 그런데 그 사람들에게 베푸는 은덕은 사사로움을 넘어 좋은 조직, 사회, 국가를 만들자는 명분名分과 가치가 먼저기에 그에 열중함이 마땅하나 개인적 친소親疎와 이해관계에 빠지는 경우가 많습니다. 큰 정치는 친분 있는 사람과 개인의 이익을 좇는 잡배들이 뭉쳐서 하는 것이 아니라 거룩한 이념과 가치를 찾는데 동의하는 구성원들과 지도력을 갖춘 리더가 더불어 하는 것입니다.

여러분은 어떤 일에 이익을 먼저 좇아서 행하시나요? 지도자를 뽑을 때 자신의 이해관계가 들어가시나요? 지도자가 여러분 개인의 이익에 귀를 기울인다면 올바른 결정을 하지 못할 것입니다. 혹 지도자라면 편견과 오만과 독선으로 결정하지는 않는지요? 완벽할 수는 없겠지만 경계해야 합니다. 저도 여러 모임의 대표를 할 때 되도록 모든 구성원들과 소통하여 결정하되 이해관계가 부딪힐 경우 친소관계에 따르지 않고 의견이 다른 구성원도 존중하고 소수자도 배려하도록 하겠다고 했지만 실제로는 많이 어려웠습니다. 친하고 지지하는 사람들의 서운한 시선을 피하기도 어려웠고 이해관계의 의심스러운 눈초리로 바라보는 지지하지 않았던 분들의 시선도 많이 불편했습니다. 이를 극복하고 어렵지만 충분히 해낼 수 있을 것이라 생각했지만 사람 됨됨이를 시험받는 무대에 선 기분이었습니다. 권력이 있는 자리는 아니지만 이해관계는 어디서나 상충했습니다. 지도자로서 저의 됨됨이를 스스로 성찰하는 계기가 되었습니다. 상대에게는 바라면서도 실제로는 실천하기 어려운 덕목입니다. 여러분은 어떠신가요?

철저한준비가
필요합니다

나무 베는 데 한 시간이 주어진다면
도끼를 가는 데 45분을 쓰겠다.
- 에이브러햄 링컨

──────── 어떤 일을 이루는 것은 우연과 운보다는 철저한 준
비와 혼신을 다하는 노력입니다. 그런데 그 결과를 이루는 데는
준비가 필요합니다. 그래야 효과적으로 일을 할 수 있습니다. 의
욕만 앞서 갈지도 않은 도끼로 나무를 벤다는 것은 어불성설語不
成說입니다. 일을 지나치게 조심해서 하라는 것은 아니지만, 의욕
만 앞서 가지고는 안 됩니다. 철저한 준비가 필요한 법입니다.

예전에는 저도 무모할 만큼 자신감을 가지고 일을 성급하게 추
진했고 그로 인해 시행착오도 많이 겪었습니다. 이제 그때보다는
성숙하여 일을 계획하고 목표를 분명히 하고 수행능력을 점검하
는 성실함이 필요한 것을 압니다. 준비를 위한 시간은 진전이 없
어 보이지만 낭비하는 시간이 아니라 당연히 필요한 시간으로, 일

을 시작하기 전에 반드시 점검해야 할 덕목입니다. 웨이트 트레이닝은 마라톤에 반드시 필요한 준비운동이라는 것은 잘 알고 있을 것입니다. 아직 뛰지 않는다고 마라톤이 시작되지 않았다고 할 수 없는 것입니다. 지루하고 반복적이고 힘든 웨이트 트레이닝을 잘해야 완주完走할 수 있습니다.

이루고 싶은 일이 무엇이며 그 일을 이루기 위해 어떤 준비와 노력을 하셨나요? 혹시 다른 사람의 성공이 쉬워 보이지는 않던가요? 아무 준비 없이 운으로 일이 저절로 이루어지길 바란 적은 없으시나요? 단언컨대 준비나 노력 없이 일이 저절로 이루어질 가능성은 없습니다. 철저히 준비하고 혼신을 다하는 노력과 지극한 정성을 다했을 때 비로소 운을 바랄 수 있습니다. 여러분은 어떠신가요? 당연하겠지만 준비를 게을리하지 않는 성실함으로 뜻을 이루는 행복을 맛보시길 바랍니다.

이민, 『양림연가』, 판타블로 기법(캔버스＋우드락＋수용성잉크), 2020

지겨움과 혐오감도
이겨내야합니다

어떤 일을 해내기로 결심했으면
어떤 지겨움과 혐오감도 마다하지 말고 완수하라.
힘든 일을 해낸데서 오는 자신감은 실로 엄청나다.
– 아놀드 베넷

───────── '욕속부달欲速不達'이라, 빨리 일을 해내려고 하면
이루기 힘들다는 말이 있습니다. '기본으로 돌아가라'라는 말도
즐겨 쓰는데 기본을 터득하는 것은 많은 노력과 수고의 덕분입니
다. 외국어나 운동을 새로 배우는 사람들은 많이 겪었을 것입니
다. 어떤 것에 능통하고 익숙하기 위해서는 지겨움과 혐오감은 당
연히 뒤따릅니다. 기본이 몸에 배면 기본을 넘어서는 새로움을 즐
기는 것과 창의적인 일을 해낼 확률은 커집니다. 더 중요한 것은
어려운 일을 성취한 뒤에 느끼는 자신감입니다. '실패는 성공의
어머니'란 말은 실패를 바라보는 긍정적 입장과 자신감이 가능
케 하는 선물입니다. 실패가 잇따른 부정적인 경험을 가진 사람들
은 새로운 도전을 두려워하게 됩니다. 삶을 바라보는 시각이 어두

워졌다는데 문제가 있습니다. 버나드 쇼가 '어떤 일을 이루는 과정에 9번의 실패는 있더라. 그래서 10번째는 성공할 것이라는 자신감을 갖고 도전했다' 는 말은 되새길 만합니다. 에디슨처럼 오히려 실패를 통해 새로운 방법을 찾았다는 적극적 생각이 어떤 일을 이루게 합니다. 반복되며 지루하고 힘든 과정은 성공에 이르는데 반드시 뒤따르는 것이니 즐겁게 맞이하는 자세가 필요합니다. 가치 있고 진정으로 바라는 일이 쉽게 우연히 되는 법은 없습니다.

어떠십니까? 무슨 일을 할 때 힘겨워도 이겨낼 자세가 되어있으신지요? 진정으로 바라는 일은 더 안달이 나고 힘든 법입니다. 그러기에 마음을 단단히 먹고 굳세게 나가야 합니다. 일은 마음가짐에 좌우되는 경우가 많습니다. 우리 모두 자신감을 갖고 도전하여 성취해보실까요?

진짜 내 안의 나와
만나세요

딱딱한 습관의 창문을 떼어내고
자유의 커튼 너머로 나부끼는 진짜 나를 만나보라.
- 조세프 주베르

─────── 진짜 나를 만나는 일은 어른의 강요나 어려서부터 꾀돌이처럼 순응하여 자신의 욕구를 채웠던, 안팎이 다른 거짓의 자아로부터 해방되는 것입니다. 고정관념과 습관화는 자동화된 행동으로 익숙한 편안함을 주듯, 습관화된 거짓 자아는 진짜 자아처럼 익숙해져 있기에 그것에서 벗어나는 일은 너무 힘듭니다. 그러나 어렵더라도 진정한 나를 찾아서 떠나는 여정은 제대로 살기 위해 소중합니다.

자유롭기 위해서는 고난을 헤치고 호기심에 대해 두려움 없이 부딪혀야 하며 상대나 대상으로부터 바라는 바가 없어야 합니다. 자신의 뜻에 따라 선택하고 결정대로 사는 삶이 자율적이며, 편안하다고 해서 꼭 행복한 것은 아닙니다. 잘못하면 '배부른 돼지'에 머물며 만족하는 것입니다. '자유의지'는 삶의 주인으로 당당히 살아가는 열쇠이며, 책임이 따르기에 부담은 있지만 당당함을 선물로 받습니다. 건강하지 못한 사람들은 남의 탓을 합니다. 다른 사람이 자신을 지배하고 통제했다는 것인데 이는 스스로를 깎아내리는 사고와 행동입니다. 저도 스트레스 상황이나 불건강한 상태에서는 남의 탓을 했던 것 같습니다. 많이 반성합니다.

여러분은 삶의 주인이신가요, 아니면 종처럼 사신가요? 편안한 생활이면 되지 그것이 무슨 소용이 있냐고 생각하시나요? 저는 남의 눈치를 보거나 비위를 맞추는 것보다 남에게 해와 상처가 되지 않는다면 당당히 자기 입장을 자유롭게 표현하며 사는 삶이 소중하다고 생각합니다. 진짜 나를 만나 거짓 없이 자유롭게 드러내는 용기를 가지시면 좋겠습니다.

이민, 『카페 살롱드 솔리튜드』, 판타블로(캔버스+아크릴), 2020

자기다워지세요

우리는 나이가 들면서 변하는 게 아니라
보다 자기다워지는 것이다
- 린 홀

─────── 소크라테스의 '너 자신을 알라'는 말은 자신에 대한 끊임없는 탐색의 중요성을 깨우칩니다. 자기다워지는 것은 어릴 때 습득하거나 버릇이 되어버린 고집을 계속해서 굳힌다는 뜻이 아니라 불교에서 말하는 '참다운 나'를 찾으면서 자기 정체성正體性을 세운다는 뜻입니다. 젊을 때 자기를 찾는 일은 혼돈스럽고 변화무쌍하지만, 잘 사신 어른들은 깊은 연못처럼 흔들림 없이 자기다움을 간직합니다. 공자의 '종심소욕불유구從心所慾不踰矩'의 경지인 것입니다.

큰 어른은 꼿꼿함과 모든 것을 담을 수 있는 큰 그릇의 형상이 있습니다. 이는 젊은이의 변화무쌍한 얄팍한 출렁거림이 아니라 태산 같은 중심이 있으면서도 부드럽게 어루만지는 넉넉함이 있습니다. 나이 듦은 중심에서 조화롭게 잇고 넉넉히 어루만질 때 빛나는 것입니다. 그러기에 자기다움을 잃지 않고 부드럽게 세상을 이끌어 가는 자신감이 자연스레 생기는 것입니다. 구태여 알아달라고 하지 않아도 저절로 자태와 위엄이 빛납니다. 나이 먹어 강요하다시피 상대를 지배하고 조정하려는 것만큼 어리석은 일은 없습니다. 젊은이들이 어른의 인격에 흠뻑 홀려 따르고 싶다는 마음이 우러나오면 비로소 자기다워졌다고 할 수 있습니다.

여러분은 나이 들어가면서 자신의 정체성을 더욱 굳건히 한다고 생각하시나요? 아니면 변화되는 세태에 휘둘려 점점 더 혼란스러워지시나요? 저는 우리 모두가 '나는 어떤 존재인가?'를 묻는 것이 가장 본질적인 태도라고 생각합니다. 참다운 나를 찾는 끊임없는 질문을 통해 '점점 더 나다워지는 나'를 찾아가 보실까요?

옳은 행동으로
모범을 보이세요

옳은 행동을 하고 남보다
먼저 모범을 보이는 것이 교육이다
- 순자

─────── 맹자와는 달리 '인간의 본성이 악하다'고 한 순자는 악한 마음을 바르게 하기 위해 교육이 필요하다고 봅니다. 그러기 위해서는 가르치는 사람이 먼저 모범을 보여야 합니다. 어린이들이 어른의 말을 잘 따르지 않을 수 있지만 행동은 반드시 따라서 합니다. 윗물이 맑으면 아랫물이 맑다는 말처럼 어른들이 행동거지를 바르게 할 일입니다.

교教를 파자破字해 풀어보면 '자식을 바람직한 방향으로 이끌고 본받게 하기 위해 회초리도 들어야한다'는 뜻입니다. 어른들이 바람직스러운 행동을 모범을 보여야 한다는 것을 깔고 있습니다. 어른들에게 묻고 싶습니다. 과연 어린이들에게 이런 말을 부끄럽지 않게 할 수 있는가? 저 자신부터 부끄럽습니다. 가르치는 일이 직업인 저조차 역사와 사회 앞에서 뿐만 아니라 자라나는 아이들에게 모범을 보여주지 못한 것 같아 부끄럽다는 것입니다. 사랑, 평등, 평화, 배려, 존중, 이해 등 좋은 말은 다 쓰면서 혹시 학생에게 갑과 을의 관계로 생각하여 지배하고 통제하려 하지 않았는지 돌아봅니다. 이런 상황에서 어떻게 민주주의가 어떻고 바른 삶은 이런 것이라고 말할 수 있겠습니까? 부모로서, 사회의 지도자로서, 종교지도자로서 어른들은 아이들에게 독선獨善과 속임수로 가득 찬 위선僞善을 벗어던지고 바르게 사는 모범을 보임으로써만 후세後世를 바로 세울 수 있습니다. 교육이 백년지대계인 이유는 아이들이 올바른 기백과 정신이 서야 나라의 내일을 열어갈 수 있기 때문입니다.

여러분은 교육을 무엇이라 생각하시나요? 교육이 바로 서면 나라가 바로 설 수 있다고 보시나요? 그러기 위해 넓은 의미의 교사인 어른들이 어떤 역할을 해야 할까요? 혹시 부끄러운 마음은 들지 않으시나요? 입시 위주, 1등 우선, 인지 중심교육으로 다 핑계 대고, '내 힘으로는 할 것이 없다'고 손을 터실 건가요? 부끄러운 저와 함께, 이제라도 옳은 행동으로 모범을 보이실 마음은 없으신가요?

자기 자신을
이겨내세요

자신을 완벽하게 이길 수 있다면
다른 어떤 것도 쉽게 통달할 수 있다.
자신을 이겨내는 것이 가장 완벽한 승리다.
– 토마스 아 캠피스

──────── 성서 다음으로 많이 읽었다는 영성지도서인 '그리
스도를 본받기 위해 따라야 할 거룩한 규범規範'이라는 뜻의 「준
주성범」을 지은 캠피스는 15세기 독일 아우구스티노회 수사였습
니다. 위 구절을 보면서 공자의 '극기복례克己復禮'를 되새겨 보았
습니다. 모든 문제는 다른 사람이 일으키는 것 같지만 실제로는
자신이 넘어서지 못해서 옵니다. 훌훌 털어버리거나 뒤틀리고 고
정된 사고나 틀을 깰 수 있으면 어떤 어려움도 이겨낼 수 있으며
아름다운 삶의 주인공이 될 수 있습니다. 인간은 나약하고 편리와
쾌락을 추구하는 욕망이 있기에 유혹에 쉽게 넘어갑니다. 그것은
상대의 문제가 아니라 자신의 문제인 것입니다. 이것을 알아야 상
대의 잘못도 이해하고 용서도 가능합니다.

성당을 짓는 석공石工도, 목구멍이 포도청이라 마지못해 일하는 사람과 하느님을 진심으로 받들고 축복을 드리기 위해 일하는 사람은 다릅니다. 미켈란젤로가 천지창조를 그릴 때도 마찬가지였을 것입니다. 자신의 예술적 경지를 완벽으로 이끌기 위해 하느님의 축복이라는 거룩한 뜻을 되새기며 게으름을 채찍질하고, 다른 사람에게는 보이지 않지만 자신의 눈에는 보이는 흠을 지나칠 수 없었을 것입니다.

남의 눈치나 평가에 머문 것이 아니라 자신의 기준을 잣대로 삼았던 것입니다. 사랑도 마찬가지로 세속화되지 않은 순수함에 두면 상대의 세속적 흠은 별것이 아닙니다. '신독愼獨(홀로 있을 때도 도리에 어긋남이 없이 말과 행동을 조심함)'의 중요성을 다시 생각해봅니다. 신독을 통해 자신을 이겨내고 아름답게 성장하는 계기를 찾읍시다. 자신의 화가 어디에서 오는지 돌아보고 이겨내서, 용서하

이민, 『그 남자의 골목-Y』,
판타블로 기법(캔버스+우드락
+수용성잉크), 2018

고 화해하면 평화가 옵니다.

　여러분은 어려움에 처할 때 밖에서 핑계를 찾나요, 아니면 자신 안에서 찾나요? 바깥이 원인일 수 있으나 그 원인을 없애도 진정한 승리자가 되는 것이 아닙니다. 진정한 승리자가 되기 위해서는 자신의 분노나 슬픔, 두려움을 이겨내야 합니다. 저도 마찬가집니다. 알아주지 않는 억울함과 상대의 말과 행동 때문에 '어떻게 인간의 탈을 쓰고'라고 분노하고 미워하고 슬퍼한 적이 많습니다. 생각해보니 그것은 상대의 문제이기도 했지만, 제 자신의 문제이기도 했습니다. 반성하니 편안하고 자유롭습니다. 이제는 다른 사람도 이해하고 잘못도 용서하는 지혜가 조금은 생긴 것 같습니다. 힘겨운 만큼, 자신을 이겨내는 것이 삶의 가장 값진 승리이며 진정한 자신을 회복하는 것임을 느끼는 하루 되셨으면 합니다.

걱정하지 말고
두려워 마세요

사마경이 "군자는 어떤 사람입니까?" 라고 묻자
공자는 "걱정하지 않고 두려워하지 않는
사람이다"라고 답했다.

– 공자 (논어)

───────── '나는 무엇이라 대답할까?' 생각해봤습니다. 저는
제 입장만을 반영한 대답을 생각했지만, 공자는 상대의 성향과 역
량을 가늠하여 묻는 말마다 다르게 답했다고 하니 군자의 길은 정
해져 있다기보다는 '자신의 약점과 강점을 잘 알아 살피고 받아
들이고 성찰하여 행동하는 양심이어야 한다'는 메시지를 주는 것
같습니다. 공자는 군자가 갖추어야 하는 덕목을 '인, 의, 예, 지,
신, 도, 관, 문, 불기'라 하고 이것들이 넘치는가 부족한가를 따져
답을 했던 것 같습니다.

사마경의 질문에 '걱정하지 않고 두려워하지 않는 자'라고 한
것은 평소 사마경이 신중하나 옳은 일을 실천하는 일에 머뭇거리
고 주저했던 것을 경계하여 올바르다고 생각한 일은 용기 있게 적

극적으로 실천할 것을 깨우친 것입니다. 저도 너무 생각을 많이 하고 이해득실을 따지고 뒷일까지 걱정할 때는 기획했던 일을 실천하기가 두렵고 어려웠습니다. 좋은 생각도 실천했을 때 의미가 있지, 생각에만 머물면 쓸모가 없습니다. 공자는 '군자는 옳다고 생각한 일을 걱정과 두려움 없이 용기 있게 실천하는 사람'이라는 것을 군자가 가져야 할 하나의 속성으로 가르칩니다.

어떠신가요? 신중하게 생각하고 옳은 일이라고 믿는 일을 두려움 없이 실천하는 용기를 가지셨나요? 아니면 책임이 걱정스럽고 불안하여 주저하다가 도전도 못 해보시나요? 저도 후자의 경우가 많았고, 후회가 남았습니다. 이제라도 옳고 정당한 일이라 생각되면 실천하도록 하겠습니다. 여러분도 공자가 말하는 군자가 되었으면 좋겠습니다. 세상이 자율적 실천이 넘치는 행복한 군자공동체가 되었으면 좋겠습니다.

화가 났을 때
중요한 결정 마세요

화가 났을 때 중요한 결정을 하지 마라.
'화'는 사람을 고집스럽게 만들고
용서하는 능력을 마비시킨다.

– 후스(호적)

흔히 스트레스 상황이거나 화가 났을 때 판단을 제대로 못합니다. 이를 '터널시야현상'이라고 부르고 '우물 속의 개구리'라고 비난합니다. 저도 이런 경험을 했기에 뭐라고 나무랄 처지는 못 되지만, 분명한 것은 그때의 판단은 잘못되었고 많은 문제를 안고 있었습니다. 화가 나거나 스트레스 받았을 때는 어떤 결정을 해도 후회투성이입니다. 그럴 때는 결정을 잠시 미루는 것이 바람직합니다. 사고를 마비시켜 객관적으로 사건을 다양하게 해석하고 바라볼 능력이 떨어지고 너그러이 보는 힘이 약해져 있기 때문입니다.

세상을 살아가면서 실수를 하고 잘못도 많이 저지르지만 상당수는 용서와 관용으로 잘 마무리됩니다. 평안하게 사는 데는 용서

가 필요함에도 불구하고 순간의 판단을 잘못하여 화를 더 부추기고 쌓는 경우가 많고, 용서가 모자라면 끝내 갈등으로 갑니다. 화가 났을 때는 판단을 유보하고 기다리는 지혜가 필요합니다.

여러분은 화가 났을 때 감정을 즉시 나타내시나요? 아니면 판단을 미루고 기다리나요? 화는 탐진치貪嗔痴(욕심/성냄/어리석음) 삼독三毒의 하나입니다. 이는 서로 연결되어 사물을 바르게 보지 못하게 합니다. 이때는 멈추어 자신을 들여다보는 지혜가 필요합니다.

할수있는일을
진실하게하세요

자기의 길을 걷는 사람은 누구나 영웅입니다.
자기가 할 수 있는 일을 진실하게 하면서 사는 사람은
누구나 다 영웅입니다.
- 헤르만 헤세

——————— 지금까지도 헤세의 삶을 동경憧憬하고 있는 저는, 밤을 새우며 동이 트는 기쁨과 함께 감동하며 읽었던 「지와 사랑(나르찌스와 골트문트)」을 잊을 수가 없습니다. 「싯다르타」와 「데미안」을 통해 인간의 내면을 탐색한 진지함과 보여주기 위한 그럴듯한 삶보다는 진정 자유로이 살았던 그는 저의 이상이었습니다. 사실 저에게 나르찌스의 가면을 벗고 골트문트의 감성적이고 지극히 인간적인 아름다움을 깨우쳐 준 작가입니다. 존재의 무거움뿐만 아니라 깃털 같은 가벼움의 멋도 느끼게 해주었습니다. 치우친 생각을 벗고 균형 잡힌 감각을 갖게 해준 작가입니다.

그런 그가 자신의 방식으로 살아가는 사람은 누구나 영웅이라고 외치고 있습니다. 삶을 비추어 보면 자신이 할 수 있는 일을 진실하게 해나가는 것보다 세상이 정한 잣대나 평가기준에 기울거나 자본주의의 병폐인 부의 논리에 지배되는 경우가 많습니다. 몇 년 전 방송국의 특집에 나온, 서울을 떠나 지리산자락에서 집도 없이 자본주의 욕망에 지배되지 않고 하고 싶은 일을 하고 사는 어느 시인의 얽매이지 않는 삶은 많은 것을 생각하게 했습니다.

많은 것을 가지기 위한 삶은 지금의 삶을 헛되게 하고 결국은 미래도 낭비하게 합니다. 어느 날 갑자기 창조주가 데려간다면 그의 삶은 한순간에 낭비한 셈입니다. 그러기에 유혹을 뿌리치고 '내 삶을 살겠다.'고 결정한 순간, 진정한 승자가 되는 것입니다. 선교사보다 자유로운 문필가가 되기로 선택한 헤세는 삶에서 진정한 영웅이었습니다.

여러분은 하시는 일이 좋아서 하시나요? 아니면 목구멍이 포도청이라 마지못해 하시나요? 하고 싶은 일을 하는 것은 많은 희생과 용기가 필요하기에 진정한 영웅입니다. 여러분의 삶이 즐거운 선택에 따라 행복해지시기를 빕니다. 앞으로 저도 모든 선택과 결정에 진심이 들어가게 하고, 결정을 진솔하게 행하도록 노력하겠습니다. 여러분도 힘내세요!

이민, 『희망』, 판타블로 기법(캔버스＋우드락＋수용성잉크), 2019

이익을 보면
옳음을 생각하세요

이익을 보고 옳음을 생각하며,
위태로운 것을 보고 목숨을 내어주며,
오랜 약속을 잊지 아니하는 사람이야말로
완전한 인간이라 할 수 있다.
— 공자

———————— 논어에 나오는 사람됨에 대한 구절입니다. '사람이
면 사람이냐, 사람다워야 사람이지'라는 말을 흔히 합니다. 사람
이 배우는 것도 배움이 '사람임에서 사람됨으로' 가는 길이기 때
문입니다. 제 삶에 비추어 보건데 배울수록 교활하고 교언영색巧
言令色하는 재주가 느는 것 같아 많은 반성을 합니다. 바른 공부는
삶과 앎이 하나 되는 것입니다. 성현들이 학행일치學行一致, 지행
일치知行一致라고 부르짖었던 것은 앎과 삶이 어긋나면 앎이 잘못
된 삶에 대한 합리화나 변명의 근거, 즉 자신의 이익을 추구하는
도구가 되는 경우가 많기 때문입니다. 그러기에 공자는 애써서 이
익을 볼 때 옳음을 생각하라고 말하고 있습니다.

두 번째, 오히려 자신의 이익을 위해 상대를 이용하려는 세상

에 공자가 말씀하신 위태로운 것을 보고 목숨을 내어주는 용기와
의리는 저에게도 실천하기 어렵게 느끼지는 덕목이지만 그런 사
람이 되고 싶은 꿈은 있습니다. 공동체를 위해 기꺼이 자신을 희
생하여 정의를 바로 세우는 사람이 되는 것입니다. 얼마나 멋진
일인가요! 그렇지 못하는 부족한 저를 돌아봅니다.

이민, 『풍경Y』, 판타블로 기법(캔버스+우드락+수용성잉크), 2018

세 번째, 오랜 약속을 잊지 않는 사람은 될 자신이 있습니다. '약속을 지키는 사람이 되자'가 제 인생의 신조信條이기 때문입니다. 흔히 초심을 잃고 이익을 탐하여 약속을 저버리는 경우가 있지만 오래된 약속을 잊지 않고 지켜나가는 일은 소중하고 아름답습니다. 전제前提는 견리사의見利思義하는 것으로, 사사로운 이익에 바탕하거나 나쁜 일을 공모하는 약속 등은 여기에 들지 않습니다. 이것도 어려운 일이나 목숨을 내놓는 일보다는 현실적으로 지켜나갈 수 있을 것입니다. 그러나 약속이 목숨을 내놓는 일이라면 심각한 고뇌를 할 듯합니다. 종합해보니 저는 완전한 사람 축에는 당연히 들지 못하지만, 그렇게 되고자 동경憧憬하는 사람이긴 합니다.

여러분은 어떤 사람이 되고 싶으신지요? 공자님께서 말씀하신 완전한 사람이 되고 싶으시지요? 될 수 있다는 자신감이 있으시나요? 저는 그렇지 못하기에 부끄럽기도 하고 부럽네요. 저는 부족하지만 가치있는 아름다운 삶을 위해 노력하고 부족한 부분은 전지전능하신 분이 뜻대로 채워주시길 기도드립니다. 여러분도 그런 분을 만나 적합한 믿음을 구하시면 여러 순간에 힘을 주실 것입니다.

역경에 더욱
단련하세요

나무에 가위질하는 것은 나무를 사랑하기 때문이다.
부모에게 꾸중을 듣지 않으면 똑똑한 아이가 될 수 없다.
겨울 추위가 한참 심한 뒤에 오는 봄의 푸른 잎은 더 푸르다.
사람도 역경에 단련된 뒤에야 비로소 제값을 한다
– 벤자민 플랭클린

——— 필라델피아에서 태어나 정규교육을 제대로 받지 못했으나 토마스 제퍼슨을 도와 미국 독립선언서를 기초하였고, 자수성가한 대표적인 인물이지만 묘비에 '인쇄인 플랭클린'이라는 글자만 남기라고 한 플랭클린은 100달러 지폐의 모델이 되었고, '미국의 정신은 플랭클린의 정신이다'라고 일컬을 만큼 우러름을 받고 있습니다. 그가 26살인 1733년에 '가난한 리차드의 달력'을 냈는데 이 달력에는 여백의 곳곳에 근검과 절약, 절제, 건강, 성공, 인내와 끈기, 습관, 겸손, 사랑 등의 금언과 삶의 지혜들을 담았습니다. 삶에 대한 위대하고 본本이 되는 생각들이 교과서처럼 담겨있습니다. 어쩌면 자신의 삶의 덕목을 나열했다고 해도 지나치지 않습니다.

그는 닥쳐온 많은 고난과 이를 이겨내기 위한 엄격한 생활을 사랑과 성공을 위해 당연히 겪어야 하는 요소로 보았습니다. 고난은 이겨내기 위해 존재하는 것이기에 목표와 계획을 세워 지금 실천하면 못 이룰 것이 없다는 것입니다. 세 번째 구절은 세한도歲寒圖를 떠오르게 합니다. 동서양을 불문하고 세상은 확실히 어떻게 해석하고 대응하느냐에 따라 달라집니다. 세찬 풍파도 해석에 따라 선물이 될 수 있습니다. 배가 파도를 피해 늘 닻을 내리고 있다면 본질을 잃어버린 것입니다. 파도가 밀려오더라도 바다로 나아가야 진짜 배인 것입니다. 그래야 다음 항구에 이르는 기쁨이 있는 것입니다. 고난과 시련이 와도 굽히지 말고 제값을 하며 살아야 합니다.

여러분은 지인들의 충고와 부모님의 꾸중을 보약으로 여기시나요? 귀찮고 싫은 소리로 '너나 잘하세요'라며 비꼬시나요? 듣는 사람의 입장이 중요합니다. 역경을 어떻게 대하시나요? 상대와 주변 환경에 화풀이와 비난을 일삼고 심지어 신을 저주하기도 하시나요? 자신을 돌아보고 성찰하며 도약의 기회로 삼고 신께도 경건히 참회의 기도를 올려보실까요? 승리를 위해 역경에 단련되는 것은 필수라 보는 '승자의 각본'으로 인생을 설계해보실까요? '용이 되기 위해서 이무기는 혹독한 시험을 통과해야 한다'는 중국속담이 생각나는 하루네요.

위대해지려고
각오하세요

위대해지려고 각오한 사람만이
위인이 될 수 있다.
- 샤를 드골

─────── 위대하다는 것이 어떤 것인지에 대한 의견은 여러 갈래일 것입니다. 분명한 것은 그렇게 되겠다고 자신이 결정하는 것만큼 중요한 일은 없습니다. 드골은 프랑스 대통령으로서 큰 업적을 남기려고 결심했을 것이고, 그것을 이루었으니 이 말을 할 자격이 있습니다. '위대한 일은 무엇일까'부터 곰곰이 생각할 필요가 있습니다. 역사적으로 위대한 인물이 되려고 하는 것보다 더 소중한 일은 자신이 속한 곳에서 묵묵히 할 수 있는 일을 찾아서 하는 작은 영웅이 되는 것도 훌륭합니다. 그 작은 움직임이 세상을 바꾸는 것입니다. 마을 어귀에 심은 작은 꽃밭이 사람의 마음을 환하게 바꾸고 깨끗하고 인정 넘치는 포근한 마을로 변화시킬 때 우리 마음은 평화가 넘치고 행복합니다.

이민, 『희망』, 판타블로(캔버스+아크릴), 2020

중요한 것은 그것을 실천하는 것이 소중하고 의미 있는 일이기에 꼭 결심하고 각오하는 절차를 거쳐야 한다는 것입니다. 이 통과의례가 없으면 모든 일은 우연과 운의 결과처럼 여겨질 수 있습니다. 꿈을 꾸는 사람만이 꿈을 이룰 수 있듯이 위대해지려는 사람만이 위대해질 수 있는 것입니다. 관상어 코이가 수족관에서 호수로 옮겨졌을 때 엄청나게 커지듯이 저를 비롯한 여러분도 위대한 일을 하겠다는 자세와 생각을 가질 때부터 위대해질 수 있는 것입니다.

한부철, 『바라보다』, Water color on Arches, 2020

한부철

조선대학교 미술대학과 동 대학교 대학원을 졸업하고 개인전 35회와 350여 회의 단체전에 참여
하였고 어머니를 향한 애틋한 그리움과 회한,삶에 대한 소중함과 사랑을 예술로 승화하여 한국적
정서로 따뜻한 위로와 희망적 메시지를 전해 주고 있다.

6

잘못으로부터도
배울 수 있습니다

동의하지 않은
열등감은 없습니다

─────── 모든 사람은 나름의 열등감을 가지고 있습니다. 그런데 그 열등감이 긍정적인 변화와 성장을 가져오는 계기도 됩니다. 만약 다른 사람이 이름 붙인 열등감 때문에 힘들다면 상대가 준 열등감에 동의하고 자신에게 딱지를 붙인 것이기에 늘 마음에 걸리고 자존감이 상합니다. 자아상自我像은 남에게 비춰져서 반영되기도 하지만 중요한 것은 자신이 스스로의 문제를 결정해야 한다는 것이고, '남들이 붙인 딱지는 차이를 차별이라는 이름으로 잘못 평가한 것'이라는 것을 자각해야 합니다.

「13＋1」의 저자 빅 존슨은 '뇌는 뭐든지 우리가 믿으라는 것을 믿지만, 다시 프로그래밍할 수 있다. 낡고 부정적인 이미지와 한계 짓는 믿음을 긍정적이고 생산적인 것으로 바꿀 수 있다'고 말하는데, 공감합니다. 사람들의 생각과 정서적 경험은 어릴 때부터 다른 사람으로부터 많은 영향을 받고 자신의 수용태도에 의해 갈무리됩니다. 그러기에 나이가 들어 잘못된 신념이 되어 있다면 고쳐야 되는 것입니다. 어릴 때는 강요당하듯 자신이 배제된 채로 동의하였을 것입니다. 그러기에 이때 형성된 열등감은 다시 봐야 하고 새롭게 자기 존중감을 가지고 자신을 다듬어가야 할 것입니다. 이 세상은 각기 다른 재주를 가진 다양한 사람들로 조화롭게 형성된 것입니다.

어떻습니까? 다른 사람의 그릇된 평가에 슬퍼하고 열등감을 느끼십니까? 아니면 스스로의 내적 평가를 훨씬 존중하십니까? 자기 존중감은 하늘이 내려준 권리입니다. 어느 누구도 당신을 화나게 하고 슬프게 하고 열등감에 빠지게 할 수 없습니다. 우리 모두는 자신의 삶을 자유롭게 결정하고 책임지는 소중한 존재니까요.

한부철, 『담다-香』, Water color on Arches, 2019

한가지에
집중하세요

모든 것을 포기하고 한 가지에만 집중하면 성공한다.
하지만 사람들은 그렇지 못하다
- 크리스티아누 호날두

──────── 스페인 여행의 마드리드구장에서 보았던 세계 최고의 축구선수인 호날두가 눈에 어른거립니다. 그의 해맑은 모습을 보면 알코올 중독 아버지와 마약중독 형을 두었고, 청소하는 어머니가 길렀으며, 게다가 심장병 환자였다는 사실이 믿어지지 않습니다. 가난하다는 이유로 축구모임에서도 따돌림 당했으나 처음 공을 찼던 때의 희열감으로 꿈을 이룬 그를 사랑하고 존경하지 않을 수 없습니다. 심장병을 가졌으나 심장이 터져도 좋다는 마음으로 운동장을 누빈 그는 박지성이 뛰었던 '맨체스터 유나이티드'의 퍼거슨 감독에 의해 스카우트되었습니다. 혼신을 다해 집중한 것이 몸의 약점도 이겨내게 한 것이지요. 약점을 감추고 방어하는데 급급했던 저도 부끄러웠고 많은 반성을 했습니다. 죽

기를 각오하고 하면 무슨 일을 이루지 못할까요?

게다가 그는 불우한 시절을 잊지 않고 아동 질병 퇴치와 아동구호기금에 100억이 넘는 기부를 했으니 얼마나 훌륭한가요. 자신의 노력으로 돈을 벌었지만, 고마움으로 알고 사회에 되돌릴 줄 아는 천사입니다. 다시 부끄러움이 저를 고개 들지 못하게 합니다. 사회에 봉사하고 재산을 사회에 돌려주는 일은 아무나 할 수 있는 일이 아닙니다. 인류애와 사람을 존중하고 사랑하는 마음이 뼛속까지 녹아 있어야 가능합니다. 저는 다시 그를 존경하게 되었고 삶의 지혜를 얻었습니다.

여러분은 이루고자 하는 꿈을 위해 혼신을 다해 보셨지요? 혹 조금 해보다가 힘들고 이득이 없을 것 같아 포기한 적은 없으셨는지요? 포기한 적이 많았던 저는 많이 반성합니다. 다시 온 마음을 기울이고 다스리겠습니다. 여러분도 새롭게 도전하는 계기가 되시길 빕니다.

책을 선물하는
사람이 되세요

내가 가장 좋아하는 친구는
책을 한 권 선물하는 사람이다
- 에이브러햄 링컨

─────── 위 구절은 제 마음을 기쁘게 했습니다. 저도 똑같기 때문입니다. 우연이라도 제가 읽고 감동받아 삶에 지평이 되었던 책을 누군가가 좋아한다면 그분과 함께 하는 것이 오랜 벗을 만난 것처럼 설레고 기분이 좋아집니다. 링컨도 그랬을까요? 책에는 온갖 보물들이 이미지화되어 담겨있습니다. 책을 보며 저자와 생각이나 느낌을 같이할 때의 기쁨은 말할 수 없습니다. 읽고 싶었던 책을 선물 받았을 때도 마음이 통한 것 같아 행복하지만, 제가 알지 못했던, 상대가 감명받은 책을 선물 받을 때도 미지未知의 세계를 가는 여행자처럼 설레고 흥분됩니다. 그 책을 읽고 나서 생각을 나누고 토론하는 일은 더욱 행복한 일입니다. 퇴계와 고봉이 나눈 고담준론高談峻論은 아닐지라도 진리의 동반자를 얻

은 듯 기쁨이 넘칩니다.

사실 대학 입학 후 제대로 된 독서법을 배웠습니다. 교육학의 고전을 교수님들의 소개로 읽기 시작했고, 율곡의 '격몽요결擊蒙要訣'에서 '입지立志'에 대해 고민하고 모든 일을 시작할 때는 뜻을 세워야 한다는 것을 알았습니다. 아직까지도 청소년들의 진로에 '입지'가 없다는 것에 통탄할 뿐입니다. 교수님들이 소개해준 플라톤의 '대화편', 공자의 '논어'를 비롯한 교육과 관련된 고전을 읽기 시작하며 새로운 세상이 열렸고, 열심히 공부했고 공부의 즐거움을 알았습니다. 읽으면서 모르는 내용은 질문도 하고, 때로는 의문을 갖기도 했으며, 동학同學들과 토론도 즐겼습니다. 지금도 책을 읽고 토론하고 글을 쓸 때 가장 행복하고 즐겁습니다.

요즘 인문학 열풍과 더불어 책의 중요성이 일깨워지고 있습니다만 여전히 사람들은 책보다는 문명의 이기의 편리함과 자극을 즐기기에 다른 매체에 열광합니다. 저 개인적으로는 실망스럽습니다. 좋은 책을 읽고 서로의 생각을 나누는 향연饗宴들이 펼쳐졌으면 좋겠습니다. 좋아하는 사람이나 가까이하고 싶은 사람에게 책을 한 권 선물하시면 어떨까요? 오늘도 책으로 행복해지시길 빕니다.

한부철, 『**바라보다**』, Water color on Arches, 2006

상대의 좋은 점을
말하세요

다른 이의 나쁜 점을 말한다는 것은
언제나 자신에게 손해를 가져온다는 사실을 기억하라.
상대의 좋은 점을 말하라.
그리하면 자신도 남도 이롭게 되리라
– 에이브러햄 링컨

──────── 오늘의 이야기는 상식적이면서도 남의 말 하기 좋아하는 사람들이 흔히 범하는 잘못을 살피게 합니다. 저도 가끔 남의 말을 한 적 있지만 나쁜 말을 하는 것은 삼갑니다. 이것만은 자신 있게 말할 수 있습니다. 그런데 다른 사람의 뒷담화에 동조하고 쿵짝을 맞춘 적은 있어 여러 분들께 사과와 용서를 청하고 싶습니다. 그러나 남에 대한 장점을 더 많이 이야기했다는 것은 분명합니다. 말은 자신의 입을 떠나면 순식간에 퍼져 천 리를 가고, 나쁜 말일수록 더 빨리 퍼집니다.

흔히 상대에 대해 자신의 기준과 가치 또는 채울 수 없는 욕망으로 질투하며 싫어하는 경우가 있습니다. 그러기에 상대를 비난하고 나쁜 점을 말하는 것은 자신의 마음을 실은 것입니다. 도둑의 눈에는 도둑, 사기꾼의 눈에는 사기꾼만 보이고, 천사의 눈에는 천사가 보입니다. 모든 평가와 판단에는 자신의 '마음의 눈'이 들어가기 때문입니다. 타인에 대한 평가는 결국 그림자로 드리워서 자신에게도 인격 훼손으로 돌아오고 마음을 병들게 합니다. 그 행위는 타인의 눈에도 금방 간파看破되어 자신이 나쁘게 평가되고 손해를 입게 됩니다.

반면에 상대의 좋은 점을 말하면 상대는 기대에 부응副應하여 변하려고 노력합니다. 사람은 긍정적으로 평가하고 그렇게 되길 희망한 만큼 그렇게 되어가고, 자신을 좋게 평가한 만큼 상대도 긍정적으로 보아 서로에게 이익이 되는 관계를 맺게 됩니다. 서로에게 좋은 말을 하는 세상이 바로 우리가 바라는 천국 아닌가요?

여러분은 입이 화의 원흉이 된 적은 없으시나요? 복과 아름다움을 자주 만드는 입과 혀를 가지셨나요? 재미와 장난으로라도 흉보거나 나쁜 말을 하면 그대로 돌아오고, 좋은 말과 평가는 영혼을 살찌우고 삶을 고귀하게 하는 행복을 가져다줍니다. 자, 아름다운 마음이 투영된 칭찬과 격려를 시작해보실까요?^^

한부철, 『純』, Water color on Arches, 2020

자신이 즐기는
일을 하세요

즐기지 않는 일을 계속하지 마라.
자신의 일을 좋아하면 자신이 좋아지고
내면의 평화를 얻을 것이다.
이에 더해 몸도 건강하다면
상상했던 것 이상의 성공을 거둔 것이다
— **자니 카슨**(John William Carson)

───────── 공자도 말했지만 무슨 일이든 '즐기는 것'이 최고
의 경지境地입니다. 일도 좋아하는 것보다 즐기는 것이 삶을 훨씬
멋있게 합니다. 살만한 가치가 있는 존재임을 그대로 드러내 주는
것이지요. 싫어하는 일을 하는 자신을 돌아보는 것은 '목구멍이
포도청이다 보니 마지못해한다'고 말하는 처참함입니다. 카슨처
럼 천진난만한 웃음으로 즐겁게 쇼를 진행하고, 천직天職인 것처
럼 자신의 몫을 살아야 합니다. 이것이 성공입니다. 전국노래자
랑을 진행하는 송해 선생에게서 이런 모습을 봅니다.

　자신의 일에서 의미와 가치를 얻는 사람은 일을 즐겁게 하기 때
문에 어려움을 이겨내고 힘든 순간에도 평화를 얻을 수 있습니다.
어떤 일이든 즐기는 데까지 이르기 위해서는 엄청난 노력을 했

을 것이며, 지루하고 반복적이어서 몸이 상했을 수 있습니다. 그러기에 남들이 어떤 일을 즐기는 모습을 보고 그 결과 속에 숨어 있는 과정들을 생각해 보아야 합니다. 단순하게 하루아침에 이루어지는 일은 없습니다. 내가 정말 좋아하고, 하고 싶고, 가치가 있고, 평생 즐기면서 할 수 있는 일인가를 고민해 봐야 합니다. 이것이 진로입니다.

여러분의 진로는 즐길 수 있는 일인가요? 돈과 명예에는 도움이 되는데 지겹고 하기 싫으신가요? 행복은 여러분의 몫입니다. 좋아하지도 즐겁지도 않은 일에 매달리지 말고 즐겁고 행복한 일을 선택하는 용기를 가지시면 어떨까요? 그러면 평생에 걸쳐 마음의 평화가 선물로 주어질 것입니다.

의미 있는 만남이
중요합니다

인생의 변화는 만남으로부터 시작됩니다.
만남을 통해 서로에게 의미를 주면서
새로운 상대를 발견하고
비로소 변화하는 것입니다
- 윈스턴 처칠

──────── 서울 가면 자주 이용하는 사우나에서 위 글을 발견
하고 기분이 무척 좋았습니다. 제가 만남의 철학자 마틴 부버를
좋아하는 이유도 있지만, 많은 만남 중 대부분은 스쳐 지나가지만
삶을 의미 있게 변화시키는 만남은 우연 속에 숨어있는 보석과 같
은 것이기 때문입니다. 태어나면서 부모님과의 만남을 필두로 하
여 수많은 만남 중에 경천동지驚天動地 할 만남이 있었는지 곰곰이
생각해 볼 기회를 가졌습니다. 많은 사람은 아니었지만, 인생의
고비마다 만났던 분들이 들려준 메시지가 생각났고, 고마웠습니
다. 저의 삶을 변화케 한 분들께 다시 한 번 감사를 드립니다.

　베드로는 예수를 만나, 플라톤은 소크라테스를 만나, 이승훈은
안창호를 만나 삶을 바꿔 역사에 큰 발자취를 남겼습니다. 진정한

만남은 이런 것 아닐까요? 상대를 통해 이익을 얻으려는 만남이 아니라 자신의 영혼에 인격적인 떨림이 와 삶이 가치 있게 변하게 되는 인격과 인격의 어울림이라고 생각합니다.

　이런 진정한 만남은 예기치 못하는 곳에서 마주치기에 항시 깨어서 상대를 온전히 인격과 목적으로 대하는 자세가 요청됩니다. 내면에서 들려오는 순진무구한 영혼의 목소리에 귀를 기울여야 합니다. 그러기 위해서는 공자의 말씀처럼 사무사思無邪 즉 '생각에 거짓이 없는' 오염되지 않는 나를 가꾸는 일이 앞서야 합니다.

　오늘도 여러분은 많은 분들과 마주칠 것입니다. 마음을 활짝 열고 상대의 아름다운 영혼을 맞이하는 행운을 보듬고 의미를 찾으시면 어떨까요? 오늘도 행복하세요!

한부철, 『담다-香』, Water color on Arches, 2019

자신만이 자신의 인생을
바꿀 수 있습니다

> 나만이 내 인생을 바꿀 수 있다.
> 아무도 날 대신할 수 없다
> – **캐롤 버넷**(미국 영화배우)

──────── 내 삶을 대신해 줄 존재는 이 세상에 없습니다. 믿음의 차원까지 넓힌다면 전지전능한 창조주까지 연결되지만, 그것은 제가 논할 문제를 넘습니다. 믿음의 문제이니까요. 버넷의 말은 자율성과 자기 결정에 의한 건강한 변화에 대해 많은 것을 생각하게 합니다. 삶이 신에 의해 창조되었든 그냥 이 세상에 던져진 존재이든 이성적이고 물리적 차원에서 선택과 결단은 자신에게 달려있고 책임 또한 자신이 져야 한다는 중요한 메시지입니다.

흔히 자신의 문제를 남이 해결해주기를 은근히 기대하고, 잘못되면 남의 탓으로 돌리는 경향이 있습니다. 자신에 대한 믿음이 없고 자기 긍정적 사고의 부족으로 스스로를 평가절하評價切下하

216

기까지 합니다. 여기에는 부모의 과잉보호와 '걱정 말아 내가 다 해줄게' 하는 그릇된 모성애가 한몫을 합니다. 인간은 상부상조相扶相助하는 동물임에는 분명하지만, 도움은 서로의 성장과 발전을 위한 상호존중에 바탕한 것이지 일방적인 보호만을 뜻하는 것은 아닙니다. 어렸을 때의 공생과 보호는 독립적이고 건전한 자율성을 가진 책임 있는 존재로 변화하는 기틀이 되어야 가치가 있습니다. '부모님!, 이제까지 제 삶을 스스로 선택하고 결정하며 책임질 수 있게 길러주셔서 감사합니다'라는 말이 나오도록 아이들을 길러야 합니다. 자라서 친구나 배우자의 만남도 마찬가지입니다. 서로의 성장과 발전이 아닌 일방적인 의존적 관계는 많은 문제를 안고 있습니다. 어떤 사람이 자신에게 영향을 미칠 수는 있지만 대신할 수는 없습니다.

여러분은 자신의 삶에 영향을 미치는 누군가에 감사합니까, 아니면 원망하며 탓을 하십니까? 지금부터 바꾸어 보실까요? 자신의 선택과 결정이 삶을 아름답고 자유롭게 한다는 것을 깊이 되새기며 오늘도 행복하세요.^^

잘못으로부터도
배울수있습니다

잘못으로부터 뭔가를 배워라.
가장 중요한 것은 문제를 해결하는 것이다.
－ 빌 게이츠

──────── 우리는 '실패는 성공의 어머니다'는 말을 수 없이
들어왔습니다. 그럼에도 불구하고 어떤 일과 사람과의 관계에서
실패를 두려워하여 시작조차 못 하는 경우가 많습니다. 저도 가끔
실패를 두려워하고 어떤 일의 결과를 성장의 기틀로 삼는 것이 아
니라 두려워서 새로운 일을 시작하지 못한 때도 있었습니다. 실패
없는 성공은 세상에 없습니다. 어릴 때 넘어지는 것을 각오하며
걸음마를 배우는 것과 마찬가지입니다. 수많은 넘어짐의 과정을
거쳐 잘 걸을 수 있습니다. 그 때 우리는 실패를 당연히 여기고 격
려하며 이겨낼 것을 기다립니다. 낙담하지 않지요. 그 과정을 겪
은 뒤 잘 걸을 수 있다는 것을 확실히 믿기 때문입니다. 이것이 건
강한 과정입니다.

한부철, 『바라보다』, Water color on Arches, 2012

에디슨도, 빌 게이츠도 새로운 일에 즐거이 도전했고, 그에 따른 실패는 당연한 것이고 실패가 문제를 풀어가는 열쇠가 되었습니다. 일을 시작할 때 두려워하지 않고 실패를 무릅쓰며 도전하는 정신이 필요합니다. 돌다리도 두들기는 세심함도 필요하지만 실패를 두려워하지 않고 도전하는 패기도 필요합니다. 어떤 회사의 경영주가 면접에서 '얼마나 많은 실패를 겪었습니까?'라고 묻고 실패를 많이 한 사람을 뽑았다고 하는데, 어떻게 해석하느냐에 따라 실패의 의미와 가치는 달라집니다. '내 사전에 불가능은 없다'는 기백으로 정말 하고 싶은 일에 최선을 다한 뒤 온 실패는 기꺼이 받아들인다는 각오로 도전해볼까요? 실패는 분명 새로운 가능성을 만들어 낼 것이고, 그 일을 기꺼이 즐기는 것이 뒤따라야 합니다.

여러분이 진정으로 바라고 이루고자 하는 것이 무엇인가요? 도전하세요! 여러분과 저의 앞날이 새로운 도전의 열정으로 피어났으면 좋겠습니다.

건전한 인격체가
되세요

우리 가운데 인물이 없는 것은
인물이 되려고 마음먹고 힘쓰는 사람이 없기 때문이다.
인물이 없다고 한탄하는 사람이
왜 인물이 될 공부를 하지 않는가,
그렇다면 먼저 그대가 건전한 인격자가 되라
- 도산 안창호

───────── 읽으면서 가슴이 턱 막히는 답답함과 마음이 깊게
찔리는 아픔을 느꼈습니다. 제 삶이 마치 영화 '암살'에 나온 이중
첩자와 같구나 하는 생각이 들어서입니다. 흔히 상황에 따라 입장
을 바꾸는, 달리 말하면 자신의 이익을 쫓아 주체성 없이 행동하
고 처신하는 이를 '이중인격자'라고 하는데, 자신은 건전한 인격
자가 되지 못하면서 '나라에 인물이 없으니 이 모양 이 꼴이지'라
고 외치는 제가 부끄럽기 때문입니다.

도산선생은 신의信義를 으뜸으로 삼아 조금 무모하게 보이지
만 소년과의 약속을 위해 일경日警에 붙잡힐 수도 있는 위험을 무
릅쓰고 실천을 했던 분이니 어찌 그의 무실역행務實力行정신을 따
르지 않을 수 있으리오! 역사상 위대한 분들은 요즘의 정치가들

처럼 말 따로 행동 따로가 아니라 자신을 닦으며 실천을 돌아보며 말하고 주장을 펼쳤습니다. 이는 말이 힘을 갖게 하는 원동력이었습니다. 이것은 지도자만이 갖추어야 할 덕목이 아니라 시민 각자가 아버지로서 아버지답고, 어머니로서 어머니답고, 자식으로 자식답고, 시민으로서 시민다움을 간직하고 지키는 것이야말로 건전한 인격에 입문入門하는 일일 것입니다. 나아가 나라를 위해 신명을 바치는 큰 인격자가 되면 더 좋은 일입니다. 나라를 위한 건전한 인격자는 국민을 모시고 존경하며 국민의 말을 하늘의 소리로 받들고 이를 실천하기 위해 노심초사勞心焦思하는 사람이어야지 지위를 이용하여 부나 명예를 누리고, 통제하고 지배하려 해서는 안 됩니다. 세상의 갑질 논란은 여기에 근거합니다. 모든 국민은 평등하지 갑과 을이 따로 없습니다. 정치, 경제, 교육 모든 영역에서 건전한 인격자가 되기 위해 우리 모두가 노력해야 합니다.

오늘 하루가 자기 위치에서 우리나라의 행복하고 아름다운 삶을 떠받치는 수호자로서 건전한 인격자의 역할을 하는 날이 되었으면 좋겠습니다. 우리 모두 남을 탓하기보다는 우리나라의 떳떳한 주인으로 살았으면 좋겠습니다.

헌신적인 삶을
사세요

─────── 제가 태어나서 가장 가치 있고 의미 있게 생각하고 실천한 일이 무엇일까를 곰곰이 생각하고 반성하는 계기를 준 글입니다. 저의 지상에서의 사명이 무엇인지, 그리고 그 일을 위해 얼마나 정성으로 시간을 선뜻 내는 열정을 가졌는지 말입니다. 저는 한 때 인간중심주의란 오만에 빠져 인간 사이의 차별에 대해서는 분노하면서도 인간을 제외한 다른 환경은 인간의 안녕과 복지를 위한 수단으로 당연시했습니다. 그러한 생각이 잘못되었다는 것을 20여 년 전부터 깨달아 이제는 자연의 순리와 지상의 모든 생명체, 아니 무기물조차도 인간의 생명 못지않게 소중함을 느끼고, 이를 널리 알리며 살아가는 생태운동을 사명으로 삼고 있습니다. 그런데 얼마만큼 신명을 바쳐 즐겁고 기꺼이 헌신하고 있는가

한부철, 『담다』, Water color on Arches, 2018

를 생각하니 부끄럽기 짝이 없습니다.

　소로의 말처럼 무엇이든 그 값어치는 얼마나 시간을 넣어 기꺼이 몰두했는가에 따라 정해집니다. 생명살림운동도 제가 이 일을 위해 얼마나 행복하게 시간을 나누었느냐에 달려있습니다. 그것을 열정이라고도 하고 혼신을 다했다고도 합니다. 소로의 말을 늘 가슴에 새기며 저의 사명을 행하도록 하겠습니다. 가치 있는 생生을 사는 것은 삶을 주신 창조주에 대한 보답이며 더불어 잘 살아준 사람들에게 줄 수 있는 최소한의 선물입니다.

　여러분은 어떠한 일에 많은 분량을 선뜻 내시는지요? 그 일이 당신을 행복하게 하고 가슴을 뛰게 하며 '나도 이 세상에 살만한 가치가 있다'라는 자부심을 갖게 하는지요? 오늘 하루도 아름답고 행복한 일에 많은 시간을 나누시면 좋겠습니다.

주의를
돌아보세요

> 큰 나무도 가느다란 가지에서 시작되고,
> 10층탑도 작은 벽돌을 하나씩 쌓아 올리는 데서 시작된다.
> 마지막에 이르기까지 처음과 마찬가지로 주의를 기울이면
> 어떤 일도 해낼 수 있다
> - 노자

──────── 빨리빨리 문화에 익숙해 있고, 과정보다 결과를 중
시하는 어리석은 사람들에게 특히 필요한 말입니다. 모든 일은 결
과를 보면 요행처럼 보일지 모르지만, 일이 이루어지는 과정에는
절차와 순서와 기다림이 있고, 어느 날 갑자기 이루어지는 일은
없습니다. 이것이 자연법입니다. 한 톨의 쌀을 얻기 위해서도 88
번에 해당하는 농부의 정성이 들어가야 한다고 해서 쌀 '미米'자
가 생겼다고 하지 않은가요!

한 땀 한 땀의 정성이 아름다운 옷을 수놓게 하고, 티끌이 모며
태산이 되며, 천 리길도 한 걸음 한 걸음 걷다 보면 이르는 법인데
방자放恣한 인간들이 이러한 자연법을 거슬러 빠름을 표준삼아
경쟁하니 안타깝기 짝이 없습니다. 어떤 깨달음을 얻으면 능히 실

천하고, 익숙해지는데 시간과 노력이 필요한 것이 자연의 순리입니다. 얼른 보아 쓸모 있고 매력적이면 큰 관심을 갖다가 호기심이 사라져 맘에 들지 않으면 다른 것으로 옮겨가는 얄팍함이 조만식 선생의 '시작과 끝이 있는 것이 드물다'는 말씀을 낳게 하였습니다.

모든 일을 이루는 데는 시간을 기다리고, 때에 맞는 노력과 꾸준한 주의를 기울이면 어떤 일도 해낼 수 있습니다. 노자의 말씀은 충동적이고 경거망동하며 조급한 우리에게 귀하게 다가옵니다. 남의 성취를 부러워하고 자신의 일이 더딘 것을 애달파할 것이 아니라 자신의 노력이 자연의 순리에 따른 것인지 돌아봐야겠지요.

오늘도 하는 일 잘 살펴보시고 운에 기대지는 않았는지 돌아보시지요. 지극한 정성은 하늘도 감동시킨다고 합니다. 여러분의 삶은 어떠신지요?

한부철, 『담다-香』, Water color on Arches, 2020

끊임없이
갈고닦으세요

분별력이 날카로울수록, 판단력이 예리할수록,
심미안이 섬세할수록, 도덕 감각이 민감할수록,
지능이 뛰어날수록, 포부가 높을수록
삶에서 느끼는 만족은 더욱 순수하고 커진다
- 찰스 헤넬

───── 헤넬은 완벽주의자구나 하는 느낌을 받았습니다. 한편 답답하면서도 선무당이 사람 잡는 세상에는 이 구절을 마음에 두고 주의하며 살필 만합니다. 천재는 1%의 영감과 99%의 노력으로 이루어진다는 말처럼 날카로움과 섬세함과 뛰어남은 절차탁마切磋琢磨의 노력에서 비롯됨을 잊어서는 안 됩니다.

흔히 남의 뛰어난 점을 '과정을 무시한 우연의 산물'로 부러워하고 그 속에 녹아있는 애씀과 피와 땀을 들여다보지 않는데, 훌륭한 일은 열정과 노력 없이는 이루어지지 않습니다. 눈에 거슬리지 않고 자연스럽고 완성된 것처럼 보이는 뒷면에는 지극한 정성이 담겨있음을 알아야 합니다. 관계를 보더라도 상대에게 거슬리지 않게 행동하고 배려하는 것도 하루아침에 되는 것이 아니라 섬세함과 민감함의 산물産物임을 알고 상대에게 감사해야 합니다.

혜넬의 말은 자기를 돌아보면서 끊임없이 닦아나가라는 뜻으로 보입니다. 남의 칭찬에 휘둘리지 말고 완벽을 추구하면서 부족함을 채우기 위해 끊임없이 갈고 닦으라는 것입니다. 오만과 자만은 사람됨을 그르치게 합니다. 겸손하게 그러나 자존감을 갖고 능력을 기르는 일이야말로 자신의 성장을 위한 기쁘고 가치 있는 일입니다.

여러분은 자신의 뛰어난 재능을 더욱 세심하게 다듬어 다른 사람들을 위해 기꺼이 내놓는 너그러움과 배려를 아우르고 있나요? 아니면 다른 사람을 무시하거나 자신의 이익을 얻는 방편으로 삼으시나요?

전자와 후자의 차이가 소크라테스와 소피스트의 차이입니다. 우리 모두는 자신을 위해 존재하면서도 상대를 위해서도 존재하고, 상대도 마찬가지겠지요. 그렇다면 그 섬세함과 치밀함, 예리함과 뛰어남이 인류의 복지에 기여하지 않는 것이라면 문제가 있겠지요. 포부가 고상할수록 만족은 커지겠지요. 오늘도 재능을 다듬고 주위에 나누며 행복하세요.^^

실천을
근본으로 삼으세요

> 지식인들은 배웠다 하더라도 실천을 근본으로 삼아야 한다.
> 옛 학자들은 좋은 말을 들으면 몸소 실천했다.
> 지금 학자들은 좋은 말을 들으면
> 그것으로 남을 설득하는 데 쓰니
> 말은 넘치고 실천이 따르지 못한다
> – 묵자 '일문'편

———— 읽으면서 많은 반성을 했습니다. 지금 제가 내뱉고 있는 말이 실천을 돌아보는 것인지 아니면 남을 설득하고 교묘하게 감명을 주기 위한 도구처럼 쓰고 있는지 말입니다. 로마시대에도 수사학修辭學과 웅변술이 타락하여 지도자들이 혹세무민惑世誣民하는 형식주의에 빠졌듯이 지금도 많은 학생들이 인격도야와 사회공헌 보다는 개인의 출세나 영리를 목적으로 공부합니다. 수단으로서의 교육이 필요 없다는 것은 아니지만, 동서양을 불문하고 성현들이 학행일치學行一致, 지행합일知行合一, 덕행일치德行一致를 외쳤던 것은 지식인들의 허위의식을 경계警戒한 것입니다.

제가 예수님을 믿는 것도 인류의 구원을 위해 목숨을 버리시는 거룩한 사랑을 실천하셨기 때문이고, 소크라테스도 자신의 가치

한부철, 『**바라보다**』, Water color on Arches, 2019

관과 진리를 버리지 않고 독배를 기꺼이 마시는 실천가였기 때문
이며, 페스탈로치를 존경하는 것도 교육의 이론적 토대를 근간으
로 실천하였다는 것입니다. 그의 방대한 저서는 우리를 놀라게 합
니다. 단순히 사금파리를 줍는 자애로운 선생님이 아니고, 그를
교성敎聖으로 부르는 이유가 있는 것입니다.

　오늘날도 '말은 잘해', '말로만', '이론과 실제는 달라'라는 말을
흔히 듣는데, 이는 실천이 내포되지 않은 얄팍한 인기영합과 그럴
듯한 말로 속이는 수사修辭적 지식의 남발濫發을 경고하는 것입니
다. 고대 그리스의 소피스트를 궤변론자라고 부르는 이유도 여기
에 있습니다. 말을 무겁게 하고 실천을 염두에 두는 일이야말로
믿음직한 세상을 만들어 아름답게 하는 지름길입니다. 저도 곡학

아세曲學阿世하지 않고 지식을 합리화를 위한 변명으로 쓰지 않으며 참다운 공부로 진리를 실천하는 사람이 되겠다고 맹세합니다. 지식인이 타락하면 나라는 망하게 되어있습니다. 난세亂世에 지식인으로 산다는 것이 어렵긴 하지만 어용御用이 되지 않고 진실을 알리고 실천하는 순교자가 되어야 합니다.

여러분은 실천하는 양심을 가지셨지요? 자신의 삶이 참다운 것이라 생각하는 것과 일치하는 것인지 성찰해 보시길 바랍니다. 오늘 하루 행복하세요. ^^

한부철, 『담다(부분)』, Water color on Arches, 2017

박정연, 『Morning Glory』, acrylic on canvas, 2019

P. Jungyeon. 2019

박정연

전남대학교를 졸업하고 개인전 2회와 10여 회의 단체전에 참여하였고 자연을 주제로 구상과 비구
상을 넘나들며 자연의 순환과 삶의 경험들을 은유적으로 표현한다. 현재 프리랜서 갤러리스트로
온라인 Scarlet Gallery 운영. 이 책의 작품 기획함.

7

내 안의
작은 거장을
키우세요

배우기를 좋아하는
사람이 되세요

———————— 세상을 살아가는데 충직하고 믿음직한 사람은 참으로 훌륭한 인격을 가졌다고 평가할 수 있습니다. 그러나 충직하고 믿음직하다는 말에는 지엽적이고 고정적인 울타리의 개념이 들어 있습니다. 교육과 훈련이라는 말에 비기자면 훈련에 해당되는 부분적이고 기교적이고 기능적인 틀에 얽매인 개념입니다. 삶에 있어서 성장과 성숙은 두루 보면 지속적인 성장을 내포하고 있습니다.

'나는 변치 않는 사람이고 충직하고 믿음직함이 있다'는 것은 진정한 성찰을 통한 재구성이 없이는 한낱 조직폭력배의 말에 지나지 않을 수도 있습니다. 그들도 의리를 외치기 때문입니다. 소매치기도 산업기술자도 어느 기능의 뛰어난 발달이 있다는 점에

박정연, 『**Happy Life**』, mixed media on panel, 2020

서 훈련이라는 개념을 같이 쓸 수 있지만 더 보편적인 개념으로
서의 교육은 산업기술자에게만 쓸 수 있는 것입니다. 산업기술자
는 한계를 뛰어넘어 보편적이고 포괄적인 인간으로 성장 가능성
이 있기 때문입니다. 만약 산업기술자도 기능은 뛰어나나 그의 기
능을 둘러싼 고귀한 망라성과 보편성이 포함되지 못하면 훈련받
은 기술자에 불과합니다. 함부로 훈련과 교육을 혼동해서 쓰면 안
됩니다. 충직과 믿음직함도 부분적인 측면에서는 좋은 덕목이며,
한결같다는 말과 일맥상통하지만, 한결같다는 것이 보편적 선이
나 가치를 가지고 있는 것이 아니기에 쉼 없는 배움으로 뛰어넘을

수 있습니다. 소크라테스의 끊임없는 질문도 보편적이고 절대적인 가치를 얻기 위해서는 끝없는 학습과 노력이 필요함을 보여줍니다. 당연히 받아들여지는 보편성도 계속 질문을 해야 하는 것입니다. 절대적인 가치의 추구과정 속에서 최선의 가치가 현재에 적용되는 것입니다.

호학好學, '배우기를 좋아함'은 자신의 한계와 부족함을 나타내는 진솔함이자 부족함을 이겨내려는 끊임없는 성찰과 배움으로 한계와 벽을 넘어서려는 열정을 내포하고 있습니다.

제가 세상을 살아가는 이유 중 하나가 호학입니다. 호학은 공자의 전유물專有物이 아닙니다. 필요한 것은 공자처럼 '나만큼 호학하는 사람이 없다'고 자신 있게 외치는 것입니다. 그리하면 삶은 윤택하고 지평은 넓어질 것입니다.

여러분은 호학하시는 즐거움을 누리시나요? 그리고 훈련받은 사람인가요? 교육받은 사람인가요?

언행일치하는
사람이 되세요

———————— 흔히 '말은 잘하네.' '빌 공空자 공약을 남발하고 있네.' '콩으로 메주를 쑨다고 해도 못 믿겠다.'는 말을 합니다. 이는 실천은 없고 그럴듯한 말을 앞세워 속이고 혹세무민하는 이들을 경계하는 말입니다. 양치기 소년의 이야기처럼 동서양을 막론하고 말은 상호 간 믿음을 다지는 기본입니다. '한마디의 말이 정확하고 바르지 않으면 온갖 말이 쓸모가 없다'는 옛말처럼 말을 하면 지킬 수 있도록 신경 써야 합니다.

저는 말의 힘과 약속을 중요시하기에 상대가 답답해할 정도로 답이 늦을 수 있습니다. 실행 여부를 고민하는 시간이 필요하기 때문입니다. 그러나 일단 제 입에서 나가면 반드시 지키려고 최선을 다합니다. 그래서 인사치레로 '다음에 차나 한 잔 하시지요'라

박정연, 『**Hope**』, mixed media on board, 2020

는 말조차 기억에 두고 실천하려고 하고, 상대가 무심할 때는 '저
사람은 믿을 만한 사람이 아니구나'라고 강박관념에 사로잡힐 때
도 있습니다.

　공자가 앞 구절(4-24)에서 '검약儉約으로써 잃는 자는 적다'는
말을 합니다. 이는 말의 검약도 포함됩니다. 말은 늘 행동을 돌아
보아야 하기에 자랑하지 말고 간결해야 합니다. 말을 하지 말라
는 것이 아니라, 책임질 수 있는 진실한 이야기를 하라는 것입니
다. 상대를 어지럽게 하거나 비위를 맞추기 위해 온갖 미사여구와

수사修辭로 말장난을 하지 말라는 것입니다. 로마가 망한 원인 중 하나로 건국 초기와 다르게 발달한 형식적인 언어주의 즉 레토릭의 지나친 발달이라고 감히 생각합니다. 흔히 말 잘하면 '정치해라', '국회의원 되라' 합니다. 왜 그럴까요? 정치가 바름을 보여주는 것이 아니라 교언영색巧言令色하는 거짓 집단이 되어버렸기 때문입니다.

제 마음속에 아직도 실천하지 못한 약속이 스스로에게 한 것이든 상대에게 한 것이든 무겁게 남아 있습니다. 모든 약속을 지킬 수는 없다고 하더라도 성실하게 지키려고 노력해야 합니다.

여러분도 말의 힘과 실천에 대해 생각해 보시면 좋겠습니다. 오늘도 좋은 말로 서로 사랑을 표현하고 실천하는 하루 보내세요.

자신의 신념을
포기하지 마세요

이야기들이 주는 기본적인 교훈은
나치의 강제수용소에서도 내 마음속에 남아있었다.
살면서 끔찍한 일을 겪지만,
자신의 신념을 포기하지 않는다면
살아남아 더 나은 삶을 살 수 있다는 사실이다.
– 브루노 베텔하임(아동심리학자)

──────── 나치의 강제수용소는 인간이 겪을 수 있는 최악의 조건을 상징합니다. 인간의 위대함은 처절함에서 꽃피는 것 같습니다. 죽음의 순간에도 고귀함을 잃지 않는 의연함은 우리를 숙연케 합니다. 닥친 불행과 고난을 어떻게 받아들이냐에 따라 가치 있는 일로 변환시키는 신비가 있기 때문입니다. 그러기에 야누슈 코르착과 빅토르 프랭클을 존경합니다.

코르착은 '사랑받고 존경받기 위해 태어난 사람이 아니라 행동하고 사랑하기 위해 태어났다'고 하면서 세상의 가장 귀한 아이들을 위해 헌신하고 그들과 더불어 편한 길을 마다하고 아름답게 그들과 함께 기꺼이 죽음을 맞이하였으며 그의 교육사상은 우리 가슴 속에 남아 있습니다.

프랭클은 아우슈비츠 죽음의 수용소에서도 육체의 한계상황을 이겨내고 내면의 아름다움을 볼 수 있었습니다. 다른 사람들이 빵을 꿈꿀 때, 지는 저녁노을에서 아름다움을 볼 수 있었던 것입니다. 권력과 쾌락은 잠시의 만족을 줄 뿐 허무하다는 것과 삶의 의미와 존재의 중요성을 깨달았습니다. 그는 어려운 상황 속에서 자신의 존재 의미를 알아차리고 로고테라피라는 위대한 업적을 남겨 우리가 살아야 하는 의미와 가치를 찾게 도와줍니다. '살아갈 의미와 이유를 가진 사람 어떻게든 산다'는 니체의 말처럼 어려운 상황 속에서도 내면에서 추구하는 아름다운 뜻은 사람을 존재케 하는 큰 힘이 됩니다.

힘든 이 세상에서 더 가치 있고 의미 있게 사는 원동력이 무엇인지 묻고 자신의 신념을 되돌아보고 굳게 하는 하루가 되었으면 합니다. 더 나은 삶을 살 수 있는 토대가 될 것입니다.

생각과 기대는
삶에 영향력을 미칩니다

우리의 생각과 기대는
우리의 삶에 막대한 영향력을 발휘한다.
– 조엘 오스틴

──────── 오늘 여러분은 어떤 생각을 갖고 계십니까? 자신이 기대한 일을 이루리라 믿습니까? 밝은 미래를 믿는 것처럼 아름답고 행복한 일은 없습니다. 바란 바를 이루기는 쉽지 않지만, 바라지 않는 일을 얻는다는 것은 아예 일어날 수 없습니다.

마음속에 긍정적 자아상自我像만 갖고 있어도 지금보다 멋진 미래가 여러분 앞에 펼쳐진다는 것을 믿게 됩니다. 고난이 다가와도, 영원히 그치지 않는 풍랑은 없는 것처럼 시련의 순간에 어떤 마음을 갖느냐에 따라 풍랑이 걷히고 잔잔한 바다와 밝은 해가 선물로 올 것입니다.

인생을 긍정적이고 희망차게 보는 일이야말로 고난을 축복으로 바꾸는 큰 승리의 주춧돌입니다. 종교를 믿는 분들이 창조주가

244

'잘되라고 시련을 주셨다'고 해석하며 문제를 슬기롭게 풀어나가는 것을 많이 보아왔습니다. 종교가 없는 어떤 분들은 어려운 시기에 '이 또한 지나가리라'는 긍정적 태도로 어려움을 이겨나가는 것을 보았습니다. 어떻게 믿는가에 따라 상온에서 얼어 죽기도 하고 독한 추위에서 살아남기도 합니다.

어떤 시각으로 자신의 문제를 바라보시나요? 자신을 승리자로 바라보시나요, 아니면 패배자로 보시나요? 여러분은 생의 승리자가 되기 위해 태어났습니다. 승리자냐, 패배자냐는 생을 바라보는 태도에 달려 있습니다. 오늘도 행복한 승리자가 되세요.^^

내안의
작은 거장을 키우세요

그대 안의 작은 거장을 존중하라
- 랄프 왈도 에머슨

──────── 파랑새이야기 잘 아시지요? 사람들은 자신 안의 귀한 것을 모르고 남의 떡이 크다고 생각합니다. 세상에서 가장 귀한 선물은 자기 자신인데, 자기 안에 있는 귀한 씨앗을 찾지 않고 다른 사람이 갖고 있는 것을 부러워하고 시샘합니다. 처음부터 큰 나무는 없습니다. 누구나 가냘프고 연약한 시절이 있습니다. 미켈란젤로와 김홍도가 처음부터 뛰어난 작가였을까요? 아닙니다. 처음에는 실수투성이의 서투른 작가였을 것입니다. 사라사테와 장한나가 처음부터 최고의 연주자였을까요? 끊임없는 노력의 산물입니다. 김연아도 마찬가집니다.

대기만성大器晩成이라는 말을 좋아합니다. 그냥 생기는 재능과 재주는 없습니다. 지루하고 혐오스러운 힘든 과정을 딛고 넘어섰

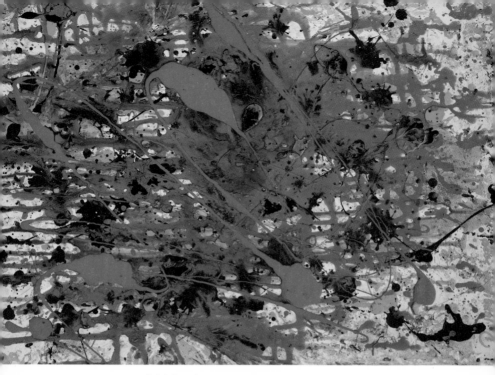

박정연, 『**Don't Worry, Be Happy**』, mixed media on cloth, 2020

을 때 비로소 거장巨匠이 태어납니다. 위대한 일치고 열정과 노력
없이 그냥 되는 일은 없습니다. 오늘도 '내 안에 있는 거장'을 깨
우고 기르는 여러분에게 격려와 응원을 보냅니다.

자신의 길을
가세요

——————— 왕족으로 태어난 부처님이 모든 기득권을 포기하고 자신의 길을 가신 것은 힘들고 어렵더라도 사명으로 여겼기 때문이고, 많은 고통과 유혹을 견뎌내고 인류를 구원하는 스승이 되셨습니다. 예수님도 가나안 지방 목수의 아들로 태어났으나 갖은 비난과 고초를 겪으면서도 인류를 구하겠다는 사명으로 십자가를 대신 지는 거룩한 사랑으로 새로운 계명을 주셨습니다. 자신의 길을 가신 두 분께 어찌 감동하지 않을 수 있겠습니까!!

여러분은 자신의 길을 가고 계십니까? 서로 자신의 길을 가도록 마음가짐을 다시 하고 격려하며 지지합시다.

박정연, 『**Relation**』, mixed media on canvas, 2020

행동할 때 행동하고
말할 때 말하세요

행동을 해야 할 때 행동하면 행동해도 허물이 없고,
말을 해야 할 때 말하면 말해도 후회가 없다.

- 유도원

──────── 조선 후기 학자인 유도원(1721-1791)은 성격이 맑고
생활이 매우 규범적인 사람으로 알려졌습니다. 그분의 삶의 자세
를 나타내주는 대목입니다. 과유불급過猶不及이라는 말처럼 경거
망동하지 말기를 당부합니다. 말도 쓸데없이 많이 하는 것보다
침묵이 낫습니다. 물론 가장 좋은 것은 제 때 맞추어 알맞게 하는
것입니다. 행동에 옮기고 말을 해야 할 때 하는 것입니다.

흔히 '중용의 도'를 말하면서 조화와 어울림을 높이 평가합니
다. 이는 거리끼지 않고 치우치지 않는 자연스러움과 자유로움이
포함된 것입니다. 후회 없는 진정한 삶입니다. 말할 때 말하고, 행
동할 때 행동에 옮기는 자세입니다. 이것은 양심에 거리끼지 않는
행위여야 하며, 자신을 합리화하고 방어하는 차원이어서는 안 됩

니다. 무소의 뿔처럼 당당하게, 마땅히 해야 한다는 정언명법의 울림으로 기운 받아야 가능한 법입니다. 저도 보신을 위해 마땅히 해야 할 말과 행동을 하지 않고 비겁하지 않았는지, 제 권력을 써서 많은 말과 행동으로 다른 사람을 괴롭히거나 제 잘못을 합리화하고 감추려 하지 않았는지 돌아보고 반성했습니다. 많이 부끄럽습니다.

여러분은 적시적소에서 소신껏 책임질 수 있는 말과 행동을 하셨는지요? 그렇다면 훌륭하십니다. 그렇지 않다면 저처럼 반성하며 같이 노력해 보실까요?

실패를 두려워 말고
도전하세요

할 수 없을 것 같은 일을 하라. 실패하라!
그리고 다시 도전하라. 이번에는 더 잘해보라.
넘어본 적이 없는 사람은
단지 위험을 감수해 본 적이 없는 사람일 뿐이다.
이제 여러분 차례다. 이 순간을 자신의 것으로 만들어라
- 오프라 윈프리

─────── 읽으면서 왜 오늘의 윈프리가 있는지를 알게 됩니다. 저만 하더라도 좀 더 안전하고 편안한 선택을 하며 위험이 도사리고 있으면 시작도 안 하고 어떻게 하면 쉽게 해결할까 몰두합니다. 할 수 없다고 생각하는 일은 시작조차 않으려 하고, '실패할 수도 있지, 실패하면 다시 도전하지'라는 배짱은 온데간데없습니다.

나이가 들어서야 위기가 위험스럽기도 하지만 새로운 기회가 되며, 모든 가치 있는 일들은 어려움을 포기하지 않은 열정과 인내의 산물이라는 것을 알게 되었습니다. 하고자 하는 일에 몰입해 최선을 다할 때 이루어지는 것입니다. 용기란 위험하고 어려운 순간, 실패와 좌절의 순간에도 결코 포기하지 않는 것입니다.

박정연, 『**Dream**』, mixed media on panel, 2020

그래서 저도 제가 꿈꾸는 목표를 향해 한 걸음 한 걸음 나가고 있습니다. '대충 편하게 살지, 왜 어려움을 자처하며 힘들게 살려고 하지?'라고 스스로에게 묻지만, 자존심과 삶의 가치가 저를 자꾸 격려하고 힘을 줍니다. 어려움이 있든 위험이 있든 지금 이 순간은 가장 소중하니 열정적으로 빠져들어 우리 모두 자신의 것으로 만듭시다.

　삶의 목표가 분명하며 그 길로 곧장 가고 계신가요? 어려움이 밀려와도 위험을 받아들이며 계속하실 건가요? 할 수 없다고 판단하는 순간이 와도 '이 상황을 절대 포기하지 않겠다'는 용기와 자신감으로 이겨내고 꼭 성공하시길 빕니다.

때로는
양보도 하세요

양보가 때로는
성공의 가장 좋은 방법이 되기도 한다
- 영국 속담

——————— 저는 어머니께 늘 '지는 것이 이기는 것이다'라는
말씀을 듣고 살았습니다. 어린 시절 잘난 체를 하고, 잘 따져 묻
고, 이기려고 하는 습성을 경계하신 것입니다. 어머님의 말씀 때
문에 경청과 수용의 미덕을 갖게 되었습니다. 상대의 입장이 되어
이해할 때 비로소 많은 문제가 풀렸고, 이때 양보는 자연스럽게
문제를 해결하는 계기가 되었습니다.

어떤 목표를 향해 갈 때나 이익을 추구할 때는 반드시 주위를
돌아봐야 합니다. 혹시 다른 사람의 희생이 없는지, 어떤 일을 하
는 데 나보다 뛰어난 사람이 있는지, 다른 사람이 문제를 풀 묘안
妙案을 가지고 있는지 살펴야 합니다. 만약 그렇다면 양보하는 것
이 공동체의 발전을 위해 당연합니다. 자신의 이익을 위해 다른

사람이나 공동체가 희생을 당한다면 처음에는 이익인 것처럼 보이지만 결국은 자신도 불이익을 짊어져야 합니다. 모든 일에 양보가 필요한 것은 아니지만, 용기 있는 양보가 자신과 공동체의 밑받침이 됩니다. 능력도 모르고 똥고집 부리는 어리석음은 버리면 좋겠지요. 양보는 포기를 뜻하는 것이 아니라 하나의 현명한 선택입니다.

여러분은 일을 할 때 '나만이 문제를 풀 수 있는 능력자'라고 생각하시나요? 아니면 나보다 더 좋은 대안을 가진 사람이 있는지 살펴보시나요? 더 능력 있는 사람에게, 또는 더 어려운 사람에게 양보하는 것이 모두가 성공하는 훌륭한 선택이 될 수 있습니다.

박정연, 「Feel Free」, mixed media on canvas, 2020

바로 지금
시작하세요

바로 지금 어떤 일을 하기 위해 노력하겠다고
결심하기 전까지는 아무 일도 이루어질 수 없다.
불행히도 이 세상에는 피아노를 옮겨야 하는데
피아노 의자를 옮기려 하는 사람이 너무나 많다.

– 허버트 후버

──────── 미국 31대 대통령인 후버는 책임감이 강한 사람이
었습니다. 어떤 일을 맡을 때 준비를 게을리하지 않았고 잘 마무
리했습니다. 읽으면서, 노력은 안 하고 발만 담가 잘 되면 좋고 일
이 안 되면 책임을 피한 적은 없는지 반성을 했습니다. 어떤 일을
이루는 것은 쉽지 않고, 준비가 철저해야 하며, 온몸의 힘을 써 노
력해야 합니다. 그런데 '힘이 드니 피아노는 옮기지 않고 피아노
의자만 옮기는' 게으르고 어리석은 사람이 많습니다.

어떤 일이든 전문가가 되고 일가견을 이루기 위해서는 분명한
목표와 피나는 노력과 열정이 있어야 합니다. 운에 삶을 맡기는
사람에게 성공이라는 월계관이 주어질 리가 없습니다. 어떤 일
을 하겠다는 결정은 신중하게 하되 결정하면 바로 실천해 노력

해야 합니다. 어려운 일일수록 솔선수범率先垂範할 때 성공에 다
가갑니다. 피아노 의자가 아니라 피아노를 옮기는 사람이 되어야
합니다.

어렵고 힘든 일이 있을 때 앞장서 해 가시나요, 아니면 마지못
해 이끌려 가시나요? 성공하기 위해서는 열심히 도전하고, 주도
적으로 어려움을 이겨내려는 기상이 필요합니다. 우리는 성공하
기 위해 이 세상에 왕자와 공주로 태어났으니 모두 인생의 승리자
가 됩시다. 자율적 존재로 책임감을 갖고 살아갈 때 행복이 선물
로 옵니다.

장벽은
원하는 것을 보여주기
위함입니다

장벽이 서 있는 것은 막기 위함이 아니라
우리가 얼마나 간절히 원하는지 보여줄
기회를 주기 위해서 거기 있는 것이다.
– 랜드 포시

─────── 미국의 아이비리그에 속하는 카네기멜론대의 컴퓨터공학과 교수였던 포시는 2008년 췌장암으로 죽기 한 달 전, 제가 들었던 강의 중 가장 훌륭한 마지막 강의를 들려주었습니다. 불평불만 하며 살아가는 것은 문제를 푸는데 어떤 도움도 되지 않으니 '죽는 순간까지도 낙천적으로 열심히 신나게 살라.'고 합니다. 마지막까지도 최선을 다해 살다간 그에게 존경과 찬사를 보냅니다.

얼마 남지 않는 시간을 두고 그는 삶을 돌아보며, 꿈을 좌절시켰던 장벽이 절실히 원했던 것을 깨달을 수 있는 기회를 주었다고 말합니다. 꿈을 스스로에게 물어보고, 추구할 가치가 있는 것이면 시간이 많지 않고 걸림돌이 있어도 포기하지 말고 열심히 하라고 합니다. 행운이란 준비된 사람이 기회를 만났을 때 오는 것이기 때문에 불평하지 않고 장점으로 노력하면 더 능률을 올릴 수 있다는 것입니다. 실망을 준 사람도 기다려주면 장점을 펼쳐 놀라움과 감동을 준다고 합니다. 경험은 원하는 것을 얻게 해주는 값진 선물이니 실패를 두려워 말고 도전하라고 합니다. 바라는 것을 이루는 최고의 지름길은 묵묵히 걸림돌을 치우며 노력을 다하는 것이고 절대 포기하지 말라는 것입니다.

삶을 돌아보면서 진정으로 원하는 것이 무엇인지 느끼시는지요? 그것을 이루는 과정에서 어떤 장벽이 있었으며, 그 장벽을 넘기 위해 어떤 노력을 했는지를 생각해보았으면 합니다. 위기가 기회라는 말처럼 장벽은 기회를 가로막는 것이 아니라 간절히 원하는 기회를 주기 위해 있는 것이라고 생각을 바꾸어 보실까요? 희망을 가지고 최선을 다하면 성공이 올 것을 굳게 믿습니다.

박정연, 「Beautiful Life」, mixed media on panel, 2020

절대 승리에
자만하지 마세요

승리할 때가
가장 위험한 때이다.
- **나폴레옹**

──────── '좋은 일에는 늘 안 좋은 일이 끼어든다'는 옛말처럼, 전성기라고 생각되는 시절에 자신을 잘 살펴보아야 합니다. 100전 99승의 항우장사도 그랬듯이 승리에 취해 있을 때가 가장 돌아보고 살펴야 할 시점입니다. 주역의 패卦도 최상의 시기는 내리막을 암시하고 있는데, 사는 이치를 담고 있기 때문입니다. 반대로 가장 나쁜 시기는 바닥을 찍었으므로 올라갈 기운만 남았으므로 정신 바짝 차리고 나아가면 좋은 기회가 꼭 온다는 것입니다.

많은 사람들이 운수를 봅니다. 기독교인조차도 점을 봤다는 말을 들은 적이 있습니다. 믿음과 현실 문제로 갈등하는 나약한 인간임을 보여주는 것인데, 여하튼 미래는 인간이 알기 어려운 신비한 영역입니다. 사람들은 앞날을 궁금해하는데, 이를 실존철학자들은 한계상황이라고 칭합니다. 우리가 할 수 있는 최선은 선택과 결단이고 그에 대해 책임을 지는 것이지만, 여전히 자신의 책임으로 보지 않고 운명으로 보는 사람도 많습니다. 특히 큰일을 앞둔 사람들은 점이나 사주팔자 등에 기대 위로받거나 불안을 떨치려고 합니다. 제가 점을 본 적은 없습니다만 다른 사람이 해석을 해달라고 할 경우, 좋은 괘에는 조심하게 하고 나쁜 괘에는 긍정성을 키워줍니다. 할 수 있는 일에 최선을 다하고 운運을 기다릴 수 있지만 노력하지 않고 요행僥倖을 바라는 것처럼 어리석은 일은 없습니다.

어떠신가요? 행복하고 불행한 사람이 늘 정해져 있다고 보시나요? 저는 해석에 따라 다르다고 봅니다. 신앙의 신비처럼 고난이 축복이 되고 축복이 고난의 시작일 수 있습니다. 인생사 새옹지마塞翁之馬라는 말이 어울리겠네요. 분수를 지키며 가치 있는 일에 정진精進하면 좋을 때도 경거망동하지 않아 잘 유지할 수 있고, 어려울 때 쓰러지지 않고 위기를 넘어설 것입니다. 저나 여러분의 태도나 해석에 따라 삶이 달라집니다. 승리에 자만하지 말고 패배의 쓰라림에 실망하지 마십시오.

목숨이 다하도록
최선을 다하세요

나는 밥을 먹어도 대한의 독립을 위해,
잠을 자도 대한의 독립을 위해 일해 왔다.
이것은 내 목숨이 없어질 때까지
변함이 없을 것이다.
- 도산 안창호

─────── 제 삶이 초라해지고 비굴하다는 생각이 드는 것은
왜일까요? 제 안위만을 위해 살아온 삶이 너무나 부끄럽기 때문
입니다. 먼 이국땅에서 독립을 위해 목숨이 다할 때까지 최선을
다하겠다는 도산 선생의 굳은 뜻과 꿋꿋함은 직접 보는 것 같은
감동으로 제 삶의 사명使命을 생각해보게 하였습니다.

백범 선생이 '나의 소원'에서 조국의 통일을 그렸듯이 저도 간
절한 소원과 사명을 생각해보았는데, 저는 큰 인물은 못 되는 모
양입니다. 먼저 저와 관계를 맺고 있는 사람들의 안녕과 평화가
우선이었습니다. 물론 지금 대립과 갈등으로 혼란스러운 나라가
위기에서 벗어나 화이부동和而不同하는 협치로 생명이 넘치는 홍
익弘益의 대동세상이 되었으면 좋겠다는 생각을 했습니다. 이를

박정연, 『**Happy Life**』, mixed media on board, 2020

위해 제가 조금이라도 힘을 보탤 수 있는 역할에 대해 곰곰이 생각해보았습니다. 도산 선생을 본받아 한결같이 기도하고 실천하는 방법을 찾아보리라 결심하고, 일을 하는데 어떤 지위를 얻어서가 아니라 백의종군하는 자세로 임해야 한다는 생각을 덧붙였습니다. 저도 한때는 어떤 지위를 가져야 어떤 일을 할 수 있다는 헛된 생각을 가지고 있었습니다. 큰 문제의 해결은 그들의 몫이라 생각했습니다. 요즈음 더 깨달은 것은 민중들이 깨어나야 나라가 바로 서고 지도자가 시민을 위해 봉사할 수 있다는 사실입니다. 위대한 일보다는 작은 일이라도 기쁘고 행복하게 기꺼이 할 수 있는 사람이 되어야겠다고 다짐합니다.

여러분은 사명과 소망을 가지고 나날을 사시나요? 도산 선생을 본받아 목숨이 다하는 순간까지 변함없이 정의롭고 굳센 사명으로 나라를 위해 무엇을 할 것인가를 생각하는 하루를 만들어 보실까요?

정춘표, 『**아름다운 비행 II**』, 대리석

정춘표

조선대학교 미술대학과 동 대학교 석사하고 개인전 17회, 1700여회의 단체전에 참여, 대한민국
미술대전 심사위원 역임. 꿈과 희망의 조형 언어를 가진 입체와 설치 작품들로 행복한 느낌을 전해
많은 사랑을 받아 왔으며 풍요와 사랑을 상징하는 사과와 그리움과 희망을 나타내는 새를 통해 아
름다움을 꿈꾸는 마음을 서정적이고 맑은 감성으로 표현함.

8
쓴 외로움도
받아들이세요

정춘표, 『꿈꾸는 사랑』, 브론즈

배움은 열정과
근면의 결과입니다

배움은 우연히 얻어지는 것이 아니다.
그것은 열정으로 추구되며,
근면함의 결과이다.
– 아비가일 애덤스

─────── 정식교육은 못 받았지만, 역사책을 많이 읽은 박식한 애덤스는 미국 2대 대통령 존 애덤스의 아내이자 6대 대통령 존 퀸시 애덤스의 어머니이기도 합니다. 저도 학생들에게 '학교에서 보내는 세월이 중요한 것이 아니라 무엇을 배웠고 무슨 책을 읽었는지가 중요함'을 강조합니다. 요즘 학생들이 책을 싫어하고 스마트폰을 통해 오감을 자극하는 쾌락적 즐거움과 얇은 지식을 쉽게 얻으려는 경향이 많습니다. 배움의 과정을 가벼이 여기는 경향이 안타깝습니다.

애덤스의 배움에 대한 말은 삶 속에서 배움을 추구하는 진솔한 이야기를 담았습니다. 저도 나이 들어가면서 빨리, 대충, 쉽게, 서둘러서 배우려는 나쁜 습習이 생겼습니다. 분명하고 깊은 뜻을 알

271

려는 열정이 사라지며 '이만하면 됐어'로 위안하는 게으른 태도를 반성해보았습니다. 나이 듦은 몸의 늙어감 뿐만 아니라 배우고 싶은 의욕이 점점 떨어짐을 의미하기도 합니다. 배움에 대한 호기심과 열정이 없어지는 것이지요. 만약 젊은이가 배움에 대한 열정과 의욕이 없어지면 늙었다고 할 수 있습니다. 배움은 우연한 결과물이 아니며 단순히 지식의 쌓는 것을 넘어 그 과정 속에 많은 사유와 고뇌가 함께 합니다. 새로운 것을 깨닫는 즐거움도 있지만, 좌절과 실패도 학문적 성숙에 도움이 될 수 있습니다. 열정이 없으면 힘들 때 쉽게 포기하는데, 열정에는 부지런함이 꼭 뒷받침되어야 합니다. 부지런함이 없으면 많은 시간이 필요한 배움을 얻을 수가 없습니다.

여러분은 배움을 이어가는 젊은이인가요, 아니면 배움을 멈춘 늙은이인가요? '배움을 지속하면 누구나 젊음을 유지한다.'는 헨리 포드의 말처럼 배움으로 기쁨을 삼고 젊음을 유지하는 현명함을 지켜가 보실까요? 육신의 젊음에 자만하지 말고 늘 배우고자 하는 열정을 가지고 부지런히 배우기를 힘쓰는 영원한 젊은이가 되면 좋겠습니다. 늘 배워야 제대로 사는 것이니까요!^^

지금의 나보다
잘하려고 애쓰세요

남들보다 잘하려고 고민하지 마라.
지금의 나보다 잘하려고 애쓰는 것이 더 중요하다.
– 윌리엄 포크너

————— 제 경험으로는 자신이 없거나 열등감이 있으면 다른 사람과 비교하는 경향이 있습니다. 자신감이 넘치는 사람은 한눈팔지 않고, 세웠던 목표에 열정적으로 최선을 다했는가를 살펴봅니다. 인생은 자신과의 싸움이지, 상대와의 비교나 조직에서 차지하는 자신의 중요도에 따라 평가할 필요가 없습니다. 자신이 그러는 동안 상대도 같은 입장일 것이고, 상대적 차이가 생겨 대립과 갈등이 나오기 마련입니다. 열기熱氣와 끈기를 가지고 자신을 이기는 것이야말로 향기롭게 살았음을 증명합니다.

평가나 비교에 익숙한 사람들은 허전하게 사는 것입니다. 상대적 평가는 자신이 생生의 주인임을 잊어버린 처사입니다. 내가 내 삶을 사는 데 왜 남의 눈치를 보고 평가를 받으며 살아야 할까요?

남의 마시멜로 같은 칭찬이나 평판에 좌우되지 않고, '넌 참 괜찮은 놈이야', '이제까지 잘 살았고, 매 순간마다 잘 선택했고 노력했어.'라고 스스로를 격려하고 지지하는 것이 알토란같은 삶입니다. 자신의 삶을 산다는 것은 창피를 무릅쓰고 진솔함을 내놓을 수 있는 용기입니다. 남들 비위 맞추고 좋은 말을 듣기 위해 자신의 색깔을 내지 못하는 것이 부끄러운 줄 아는 사람이 정직합니다. 그렇다고 막무가내莫無可奈로 자신이 상대보다 높다고 주장하는 우는 범하지 말아야 겠지요? 자신이 소중하다고 여기는 가치가 다른 사람의 평판에 좌우되는 것이 아니라 노력에 따른 것이었는지, 스스로의 평가가 중요합니다. 자신에 대한 평가는 마음속 평가만이 순수함을 보장받습니다.

자신의 이상이나 목표를 비교하며 다른 사람보다 잘하는 것에 만족하시나요? 아니면 스스로에게 '너는 최선을 다했니?'라고 물으며 자성하고 자각하며 사시나요? 이제까지 제 삶이 부끄럽지만, 자성하면서 살고 싶습니다.

자신만의 걸음으로
자기의 길을 가세요

누구도 아닌 자기 걸음을 걸어라.
'나는 독특하다'는 것을 믿어라.
누구나 몰려가는 줄에 설 필요가 없다.
자신만의 걸음으로 자기의 길을 가라.
바보 같은 사람들이 무어라 비웃든지 간에.
– 죽은 시인의 사회(영화)

——————— 자신의 길을 소신 있게 간다는 것, 자기의 정체감
을 찾는 것, 자신만의 의미와 가치를 알고 실천하는 것은 삶의 여
정인 진로進路에 중요한 것입니다. 세속적 가치에 물들어 진정으
로 하고 싶고, 잘하는 것에 몰두하는 것이 아니라 체면을 유지하
고 겉보기에 그럴싸한 일을 택해서 사는 꼭두각시 같은 어리석은
삶을 키딩 선생이 경고하는 것입니다.

인기를 좇고, 최신의 흐름을 부러워하고 따르며 자신을 잃고
사는 사람들을 바보라고 부르며 비판하는 용기를 닮고 싶습니다.
지금까지의 제 삶도 돌아보니, '순응적 생활방식'이 부끄러웠습
니다. 지난 일을 되돌릴 수는 없지만 하찮은 명예나 신분에 얽매
이지 않고 독창성과 가치를 키우며 용기 있게 살아야겠다는 각오

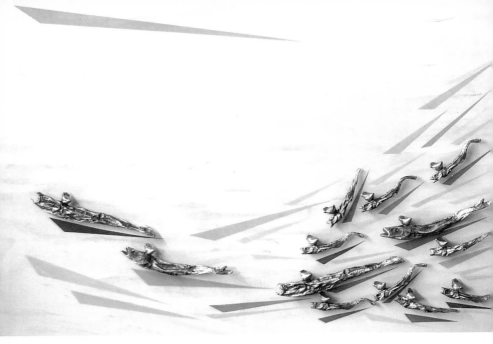

정춘표, 『**물처럼 바람처럼 (3)**』, 알루미늄 아크릴

를 다집니다. 학생들에게도 '자신을 발견하고 소신을 가지고 멋지게 살라'고 격려하겠습니다. '밥벌이에만 너무 신경 쓰지 말고, 안락함에 머물지 말고, 하고 싶은 일은 어려움에 부닥치더라도 씩씩하게 헤쳐나가라'고 말할 것입니다. 어리석다고 비웃음을 당해도 속물적 평판에 꿋꿋하게 대처하는 자부심을 가지라고 할 것입니다. 제 삶의 부끄러움을 되풀이하지 말라고 부탁할 것입니다.

'죽은 시인의 사회'에 나오는 명장면들이 스쳐갑니다. 저는 미래를 핑계로, 체면 유지를 위해 욕구를 희생하고 희망을 포기할 것을 강요당하는 학생들의 현실에 분노합니다. 여러분은 어떠신가요? 키딩 선생처럼 아이들에게 자신의 삶을 자신 있게 살 것을

고무鼓舞하고 격려하시나요? 아니면 제도적 틀과 규범에 순종하는 착한 아이가 될 것을 은근히 강요하시나요? 저는 아이들에게 자신의 독특한 길을 가는 자유를 선물하고 싶습니다.

실패하더라도
도전하세요

————— 실패할 수도 있는 용기 있는 도전이 꿈을 이루고 성공할 수 있게 한다는 것을 다시 확인하게 되었습니다. 우리 모두는 약점이 있고 열등감을 가지고 있습니다. 동의하지 않으시면 저는 갖고 있다고 말씀드립니다. '그럼에도 불구하고' 도전하는 용기가 모두에게 필요합니다. 조던의 끊임없는 실패가 농구 황제라는 칭호를 얻게 했습니다. 야구선수로는 실패했지만, 도전 자체가 아름다웠습니다.

고대 로마의 작가인 푸블리우스 시루스가 '시도해 보지 않고는 누구도 자신이 얼마만큼 해낼 수 있는지 알지 못한다.'는 명언을 남겼습니다. 누구나 간절히 원하는 것에는 실패의 두려움이 도사리고 있을 것입니다. 왜냐하면, 그것을 이루어낸다는 자체가 가습 떨리는 일이기에 불안감과 함께 실패에 대한 두려움이 커지는 것입니다. 그러나 실패에 대한 두려움 때문에 시도조차 하지 않으면 아무런 변화도 없으며 꿈은 이룰 수 없습니다. 자신에게 '이 과업을 왜 이루어내야 하는가'를 묻고 그 가치가 중요하다면 곧 실천해야 합니다. 실패를 두려워하지 않고 시도하는 용기는 아무리 강조해도 지나치지 않습니다.

어떠신가요? 저는 가끔 제가 바라는 일도 다른 사람의 이목이나 실패가 두려워 그럴듯한 이유로 합리화하는 경우도 있었는데, 비겁한 행위지요. 앞으로는 그것이 저에게 정말 합당한 것인지, 정의로운 것인지를 깊이 되새겨 가치가 확인되면 용기 있게 도전하겠다고 다짐합니다. 여러분도 자신을 믿고 용기 있는 시도로 꿈을 이루어가시면 좋겠습니다.

부딪혀 경험하고
도전하세요

인생은 언제나 스스로 부딪혀 경험하고
도전하는 사람에게 큰 영광을 알려준다.
− J. 허슬러

———————— 보통의 사람들은 자신이 안전지대에 있다고 생각하면 현실에 머물려는 경향이 있습니다. 새로운 도전과 변화는 두려움과 불안이 따라오기 때문에 도전하는 것은 용기 있는 일입니다. '달걀이 스스로 깨고 나오면 병아리가 되고 다른 사람이 깨면 계란 후라이가 된다.'는 말을 J. 허슬러가 한 적이 있는데 같은 맥락입니다. 알에 머무르지 않고 스스로 깨고 나오려고 부딪혀 도전하면, 과정은 험난할지 모르지만, 뒤에 큰 영광이 기다리고 있는 것입니다.

미래란 알 수 없으나 바라보는 시선은 너무도 다릅니다. 공자가 벼슬에 나간 공멸과 복자천에게 '벼슬에 나가 얻은 것과 잃은 것이 무엇이냐'고 물었을 때 공멸은 잃은 것만을 답하고 복자천은 얻은 것만을 답했듯이, 같은 일을 하는 사람들에게 물으면 각기 다른 답을 할 것입니다. 같은 일을 해도 여유 있게 즐겁고 행복해하는 사람이 있는가 하면 어떤 사람은 온종일 쫓기며 힘들어합니다. 분명한 것은 하는 일을 좋아하고 더 좋은 일을 위해 도전하는 사람에게 행복과 영광이 찾아온다는 것입니다.

지금 행복해하며 도전도 두려워하지 않으시나요? 지금에 안주하거나 아수라판에서 벗어나고 싶으신가요? 저도 현실이 달콤하면 안주하고, 쓰면 벗어나려고 한 적이 많았는데, 제 삶의 사명과 목표가 없을 때였습니다. 반성합니다. 우리 모두가 분명한 목표와 사명을 가지고 있다면 안주하지는 않을 것입니다. 늘 부딪혀서 경험하고 도전하면 영광이 있을지니 과감히 나서보실까요?

정춘표, 『**가을새 날아가다**』, 대리석

쓴 외로움도
받아들이세요

> 외로움이 찾아올 때, 사실은 그 순간이
> 인생에 있어서 사랑이 찾아올 때보다 더 귀한 시간이다.
> 쓴 외로움을 받아들이는 방식에 따라
> 한 인간의 삶의 깊이, 삶의 우아한 형상들이
> 결정되기 때문이다.
> – 곽재구

─────── 인간으로 느끼는 큰 자부심의 하나인 '우아함'이라는 말에 폭 빠졌습니다. 그것도 '우아함이 외로움에서 온다'는 말에 더욱 절절함이 느껴졌습니다. 저도 한때는 근거 없는 오만傲慢에 사로잡혀 사람들의 천박함을 비난하면서도 스스로 절해고도絶海孤島에 있는 것과 같은 외로움에 절망하였습니다. 그럼에도 제 자신을 살피는 기회로 삼는 것이 아니라 도도하면서 아름다운 척하는 위선의 세월을 보냈습니다.

외로움은 어쩌면 자신을 제대로 들여다보게 하는 계기이자 새로운 도약을 위한 준비기간입니다. 처절하게 외로움에 몸서리쳐보지 않은 사람은 귀한 은총들을 순수하고도 귀하게 음미하며 감사하지 못하며 삶의 깊이와 우아함을 맛볼 수 없습니다. 외로움에

정춘표, 『5월의 속삭임』,
대리석

사무쳐 보지 않은 사람은 '그대가 곁에 있어도 그립다'는 말을 하는 사랑의 깊이를 헤아릴 수도 없는 것입니다. 인간은 누군가 곁에 있지만 언제나 혼자인지 모릅니다. 혼자이기 때문에 불안하고 고독하고 사랑을 찾고 누군가를 그리워하고 착각도 하고 참담한 절망도 할 것입니다. 그러니 외로움을 피하고 군중群衆에 묻혀 고독하지 않은 척 헛된 백일몽을 꾸며, 절실한 사랑으로 위장한 포장된 사랑을 하고 진정한 사랑이 오는 것을 두려워하고 회피回避할 수도 있습니다. 계산되었거나 거짓된 사랑을 하는 것이지요. 그러나 철저하게 외로웠던 사람은 귀한 사랑과 아름다움을 민감하고도 깊이 있는 우아함으로 받아들이고 고마워합니다.

외로움 때문에 힘들어하신 적이 있으신가요? 외로움은 여러분의 삶에 어떤 영향을 미쳤는지요? 모든 시간은 나름의 이로움이 있습니다. 겉보기에 피하고 싶은 것도 세상을 살아가는 귀한 것이 들어있는 경우가 많습니다. 저도 어울려 산다는 것이 얼마나 큰 축복이고 사랑하는 사람이 있다는 것이 얼마나 행복한 것인가를 뼈저리게 느꼈습니다. 욕심이 부질없는 것이고, 나누고 베푸는 것이 큰 행복임을 알았습니다. 외로움도 우아한 삶을 준비하는 선물임을 새삼 깨닫습니다.

해야할일은
바로 시작하세요

인생에서 가장 슬픈 세 가지.
할 수도 있었는데, 해야 했는데, 해야만 했는데.
- 루이스 E 분

——————— 지난 뒤에 후회하는 저를 비롯한 많은 사람들에게 하루의 시작에 경각심을 주는 가르침이네요. 죽음을 앞둔 분들이 인생을 돌아보면서 '좀 더 많이 베풀걸', '좀 더 많이 사랑할걸', '좀 더 많이 체험하고 즐길걸' 하는 후회를 많이 한다고 합니다. 인간이 원래 후회하는 동물이라 당연하지만, 하루하루의 일을 더 잘 챙기고 실천해야 하지 않을까 결심해 봅니다.

'인생에서 가장 슬픈 세 가지'라는 말이 섬뜩하기는 하지만 할 수도 있고, 해야 하고, 해야만 하는 일을 하지 않았다면 잘못 산 것은 분명합니다. 저도 지금까지 살면서 후회의 기억으로 남아있는 것들을 살펴보았습니다. 반복되는 핑계와 합리화와 자기변명으로 일관된 부끄러운 삶이네요. 솔직하지 못한 간교함이 저를 성장의 길로 도전케 한 것이 아니라 문제를 회피하거나 그럴싸한 이유로 실패를 당연하게 받아들이도록 하였습니다. 늦었지만 지금이라도 알아차렸으니 제가 해야 할 일과 할 수 있는 일은 최선을 다해 하겠다고 다짐해 봅니다. 상대의 일을 평가하고 판단하는데 시간을 보내는 것보다는 제 일을 챙기고 실행하고 반성하며 살아가야겠습니다. 삶을 마치면서 슬픈 후회를 남기지 않고 '참 잘 살았다'고 말하고 싶습니다.

어떠신가요? 지나온 세월이 보람차셨나요, 아니면 후회가 많으시나요? 어제는 어떠셨나요? 오늘 하루는 어떻게 시작하시나요? 무엇을 하실 건가요? 이런 질문을 스스로에게 자주 던져야 합니다. 저도 하루하루를 때우는 것이 아니라 가치를 묻고 실천하는 삶을 살겠습니다.

정춘표, 『美夢 (3)』, 가변설치

가장 바쁜 사람이
가장 많은 시간을 가집니다

가장 바쁜 사람이 가장 많은 시간을 가진다.
부지런히 노력하는 사람이
결국 많은 대가를 얻는다.
– 알렉산드리아 피네

───────── 제 경험에 비유하건대 '시간이 많이 있으면 더 잘할
수 있을 텐데'라는 말은 최선을 다하지 못한 후회를 담은 방어적
인 변명에 불과한 것 같습니다. 막상 저에게 넉넉한 시간이 있으
면 쓸데없는 소일거리로 시간을 낭비하는 경우가 많고, 오히려 바
쁠 때 시간을 쪼개 가치 있게 보내는 경우가 많습니다. 바쁠 때 시
간을 잘 쓰고 많은 시간을 가진 주인공이 되는 것입니다. 주어진
시간 안에서 열정적으로 노력하는 사람에게 성과가 주어집니다.

문필가인 찰스 램도 여유로운 시간이 많은 은퇴 후에 비해 직
장을 다니며 바쁜 시간을 쪼개 더 많은 글을 썼다고 합니다. 바쁘
고 부지런한 사람이 잘 살았다는 것은 아니지만, 세속에 사는 이
상 어떤 일을 성취했다는 것은 부지런의 결과임에 분명합니다. 모

두에게 같은 24시간이 주어진다면 부지런히 노력하는 방법 밖에는 없습니다. 저도 날마다 조금씩 글을 쓸 수 있었던 것은 시간이 남을 때도 있지만, 긴장감을 가지고 자투리 시간을 활용한 경우가 많습니다. 그러기에 무슨 일을 할 때 '시간이 부족해 할 수 없다'고 단정하기 전에 자신이 시간의 주인이 되어 얼마나 치밀하게 짜고 헛되이 보내지 않을 수 있는가를 생각해야 합니다. 삶을 긍정적으로 바라보며 '참 잘 살았구나'라는 것은 시간을 허비하지 않고 가치 있게 잘 보냈다는 것입니다. 저도 죽음의 문턱에서 "여러분과 잘 지내다 갑니다. 즐거웠습니다"는 말을 남기며 떠나고 싶습니다. 지구별에 '소풍 와서 잘 놀다 간다'고 한 천상병 시인처럼.

시간을 잘 보낸다는 것은 말 잘 듣는 순응하는 어린아이처럼 시간에 지배당하지 않고, 안팎이 다른 게임을 하지 않고, 친밀한 관계로 자유롭게 사는 것이라 봅니다. 이제 와 생각하니 이해관계에 얽매여 잔머리를 쓰며 보낸 시간이 가장 후회스럽습니다. 오늘의 시간을 진실로 자유와 보람을 함께 누리는 기쁨으로 살고 싶습니다.

마음을 생각과 행동으로 옮기세요

저는 당신이 생각하는 것처럼 똑똑하지 않습니다.
그리고 특별한 재능이 많은 것도 아닙니다.
저는 변화하고자 하는 마음을 생각으로 옮기고
그 생각을 행동으로 옮기는 데 노력했을 뿐입니다.
 - 빌 게이츠

────────── 겸손한 말입니다. 빌 게이츠는 뛰어난 사람임에 틀림없습니다. 더 중요한 것은 성공이 99%의 노력과 땀의 결실이라는 말처럼 자신의 생각을 성실하게 실천했다는 점입니다. '뛰어난 생각'과 '실천하는 노력'과 '굳센 의지'가 있다면 이루지 못할 일이 없습니다. 저를 돌아보니 좋은 생각이 많았는데 여러 가지 핑계로 실천하지 못한 것이 대부분입니다. 편안함을 좇아간 제 삶이 부끄럽습니다.

우리는 성공한 사람들을 부러워하는데 늘 놓치는 것이 있습니다. 과정의 피땀 어린 노력입니다. 1만 번의 법칙을 이야기합니다만 다른 사람의 성취가 운이 더 많이 작용했다고 속으로 중얼거립니다.

성공하는 사람의 떳떳함은 운이 아니라 최선을 다했느냐에 있습니다. 의지를 가지고 최선을 다하는 이들에게 '실패는 성공의 어머니'가 되는 것이지요. 편하고 쉬운 방법으로 뜻을 이룬다는 생각 자체가 어리석은 것입니다. 보람차고 의미 있는 일일수록 더욱 힘든 과정을 겪게 됩니다. 바라는 결과가 나오지 않더라도 좌절하지 않고 실패를 교훈 삼아 새롭게 변화하여 더욱 도전의지를 불태워야 합니다.

기대와 다른 새로운 변화에 어떻게 대처하시는지요? 기존의 인식 틀을 바꾸고자 할 때 어떤 마음으로 임하시는지요? 어떤 장애가 오더라도 이겨내겠다는 마음이 세상을 바꾸고 변화를 이끌어 갑니다. 우리 모두 변화를 위해 행동하는 하루를 만들어보실까요?

지혜로운 경험이
필요합니다

20대에는 욕망의 지배를 받고,
30대에는 이해타산, 40대는 분별력,
그리고 그 나이를 지나면
지혜로운 경험에 따른 지배를 받는다.
– 그라시안

───────── 순서는 다를 수 있으나 욕망, 이해타산, 분별력은 사람을 홀리는 덕목입니다. 이를 없앨 수는 없지만 지혜로운 경험을 가진 사람들이 현혹에서 벗어날 수 있습니다. 공자도 50을 지천명知天命이라 했는데 천명을 안다는 것은 세상의 이치와 순리를 깨달았다는 뜻입니다. 지혜란 욕심과 아집에서 벗어나 이치와 순리대로 문제를 풀 수 있는 힘을 가리키는 말입니다.

욕망이나 이해타산이나 분별력은 같은 말을 다른 측면에서 해석한 것에 불과합니다. 욕망은 자신의 이익을 좇기 때문에 이해타산을 부를 수밖에 없고, 얻고 싶은 이해타산의 합리화를 위해 자신의 분별력이 옳다고 주장합니다. 그럴듯하게 포장되어 있지만, 욕망과 욕심 때문에 어리석어진다는 것을 보여주는 것입니다. 마음을 비우고 내려놓는 것이 너무나 어렵습니다. 욕심을 비우는 것은 진리를 깨친 지혜를 얻고 나서야 가능합니다. 번뇌에서 해탈하는 것은 '모든 것이 공空이다'는 것을 깨달아야 하지만 여전히 색色에서 벗어나기 어렵습니다. 우리는 어떤 것을 이해할 수 있는 능력을 가지고 있지만 삶 속에서 온전히 행하지는 못하는 것이 현실입니다. 여전히 비교하고 판단하는 것에서 벗어나기가 쉽지 않고, 더 좋은 것을 향한 끊임없는 도전은 욕망을 무한대로 키워가고 욕망을 채우기 위한 이해타산과 시비를 가리기 위한 분별력은 강화되기 때문입니다. 이런 사회에서 그 굴레에서 벗어난 참다운 진리를 얻는다는 것은 너무 힘든 일입니다.

저도 오늘 스스로 물었습니다. '지혜로운 경험이 삶을 지배하고 있는가'를. 저는 여전히 욕망과 이해타산과 분별력의 덩어리였습니다. 부끄럽습니다. 그나마 모든 것이 불완전하고 잘못할 때가 많다는 것을 알고 있다는 사실에 감사할 따름입니다. 여러분은 인생을 마음에 내재된 하늘의 이치로 지혜롭게 풀어내시는지요?

정춘표, 『사랑 안에서 2』, 브론즈

자신의 속도를
지키세요

바람처럼 빨리 달리는 말은 점점 속력이 둔해지지만,
낙타를 부리는 사람은
여행지까지 줄기차게 걸어 간다.
- 사디

──────── 페르시아의 시인이자 신비주의 탁발 승려였던 사
디의 30년 순례巡禮의 경험담일 수도 있는데 삶의 지표로 삼을
만합니다. '촌놈 마라톤'이라는 말이 있습니다. 오해하지 마세
요. 여기서 촌놈은 시골 사람을 의미하는 것이 아니고, 세상 물정
과 지혜에 어두운 무모한 욕심으로 가득 찬 사람을 지칭합니다.
42.195km를 뛰기 위해서는 처음부터 빨리 뛰기보다는 전체의
완급을 조절해야 하겠지요. 삶을 평안하고 건강하게 잘 매듭짓기
위해서는 여유를 가지고 욕심을 덜며 천천히 가는 지혜가 필요합
니다.

우리는 깜짝 스타나 운 좋은 부자를 부러워합니다. 그러나 진
짜 부자는 망해도 3대를 가는 것처럼 꾸준히 노력해서 얻은 보배

가 오래 가고 튼튼합니다. 어쩌면 우리는 욕심이 앞서 모든 것을 서두르면 얻을 수 있을 것처럼 착각하고 드러나지 않은 노력을 무시하거나 놓치고 있는지 모릅니다. 노력 없는 깜짝 스타나 운 좋은 부자는 저력이 없고 어려움을 넘는 지혜가 부족하여 오래가지 못해 하향세를 면치 못하는 경우가 많습니다. 욕속부달慾速不達이라는 말처럼 쉽게 얻어지는 것은 없습니다. 쉽게 돈 번다, 지위를 얻는다, 출세한다는 것은 사기꾼이 욕심을 자극하여 꼬시는 술수에 불과한데, 소망 충족 욕구에 걸려들어 헛된 망상에 빠져 속임을 당하는 것이지요. 자신의 꿈을 착실하게 실현해 가는 사람은 유혹에 빠지지 않고, 욕심을 부리지 않으며, 자신의 길을 묵묵히 갑니다. 험난한 사막에서 살아가는 지혜를 얻은 낙타처럼 줄기차게 걸어갑니다.

여러분은 얻고자 하는 것이 보이면 속도를 줄이고 천천히 여유롭게 다가가시나요? 아니면 앞뒤 따지지 않고 전속력으로 돌진하십니까? 때로는 돌진도 필요하지만 충동적으로 사는 것은 많은 문제를 초래하는 어리석은 삶의 방식인듯합니다. 목표와 이상을 바라보며 뚜벅뚜벅 걸어가는 지혜에 대해 고요히 생각해보는 하루가 되었으면 합니다.

은근히 바라는
칭찬의 부끄러움

칭찬은 나를 부끄럽게 한다.
내 마음 한구석에서 그것을
은근히 바라고 있었기 때문이다.
- 타고르

저를 비롯해 누구나 인정받고 싶은 욕구가 있습니다. 그중 하나가 칭찬받는 것입니다. 한편 칭찬을 받는 것에 너무 의존하고 즐기는 것은 자존감이 약하다는 표식表式도 됩니다. 왜냐하면, 자신이 하는 일에 군이 칭찬을 받아야 할 필요는 없습니다. 더 중요한 것은 자신의 뜻대로 일을 결정하고 즐겁게 했느냐 하는 것입니다. 칭찬이 필요 없다는 것은 아니지만 남의 칭찬으로 자신의 일을 평가 받고자하는 것은 자율성과 자기 결정성이 빼앗기는 것과 비슷합니다.

그러기에 일을 할 때 은근히 칭찬을 바라고 있다면 자신감과 자기존중감이 모자라는지를 돌아보고, 진정으로 하고 싶었고 최선을 다했는가도 물어야 합니다. 다른 사람의 의견과 평가를 요청할

정춘표, 『美夢』, 합성수지 우레탄도색 가변설치

수 있으나 그것이 자신의 일의 의미를 결정하는 중요한 요소가 된다면 다른 사람에 종속되었다는 것을 증명합니다. 상대의 건전한 비판이 많은 도움이 되지만 그것이 자신의 삶을 이끄는 가장 귀한 요인이라면 자유인이기를 포기하는 것입니다. 최종 판단과 결정은 책임감을 가지고 스스로 하는 것입니다. 다른 사람과 같은 생각과 안목과 판단력을 가질 수는 없습니다. 상대의 의견을 존중하되 다른 사람 눈치 보며 자신의 결정을 포기하거나 상대의 비위를 맞추기 위해 자신의 결정을 버리면 안 되겠지요.

칭찬받기 위해 일을 하거나 그것을 위해 자신의 결정을 포기한 적이 있으신가요? 성공한 삶이란 다른 사람의 비난과 칭찬에 흔들리지 않고 굳세게 스스로가 자기 삶의 주인으로 가치 있고 의미 있는 삶을 결정하고 그것을 위해 때로는 비난도 감수하고 책임지는 것입니다. 저도 그렇게 살겠습니다. 여러분은 어떠신가요?

본인의 의지가
중요합니다

성공하려는 본인의 의지가
다른 어떤 것보다 중요하다.
– 에이브러햄 링컨

─────── 성공적인 삶을 산다는 것은 쉬운 일은 아닙니다.
다양한 것에 관심을 갖고 사는 것도 방편 중에 하나지만, 그만큼
성공할 확률은 낮아집니다. 팔방미인으로 사는 것이 즐거울 수는
있지만, 진정으로 성공적인 삶을 살았느냐? 와는 별개의 문제입
니다. 결국, 어떤 분야든 완전히 성공했다고 말하기는 어려울 것
입니다. 성공의 가장 필요한 요소 중 하나가 뜻한 바를 처음부터
끝까지 집중하는 것입니다.

저도 호기심이 많은 사람에 속하는데, 즐겁게 긍정적으로 살기
는 하지만 성공한 삶이냐고 물으면 자신이 없습니다. 성공한 삶이
어떤 것이냐에 대한 대답은 다 다르겠지만 저는 삶의 가치를 이뤄
내기 위해 온 힘을 다했는가에 많은 비중을 둡니다. 그러기에 어

리석을 정도로 초지일관初志一貫하는 의지와 집중력이 필요합니다. 엄청난 에너지와 재능을 가진 천재는 예외지만, 보통의 능력을 가진 호기심 천국인 사람은 어느 것에 집중하다가 힘들면 지속하지 못하고 다른 대상을 찾거나 관심을 다른 곳으로 옮기는 경향이 있습니다. 그러기에 삶은 재미있고 긍정적이고 낙천적일지 모르나 어떤 분야에 일가一家를 이루기는 힘듭니다. 몰입과 집중 그리고 의지는 성공으로 가는 필수요소임이 분명합니다.

여러분은 성공을 위해서 무엇이 우선되어야 한다고 보시는지요? 하늘이 낸 천재 아니고는 끊임없는 실패를 견디어 내고 포기하지 않고 도전하는 의지력 아닐까요? 그래도 성공은 쉽지 않겠지만, 그 가운데 성공은 자리하고 있을 것입니다. 저도 삶의 성공을 향해 한눈팔지 않고 집중해야겠다고 다짐해봅니다.

정춘표, 『美夢』, 스테인레스 스틸(우레탄 도색)

오늘도

인생을

색칠한다

초판 인쇄 2021년 10월 22일
초판 발행 2021년 10월 28일

지은이   송준석
펴낸이   김상철
발행처   스타북스
등록번호 제300-2006-00104호
주소   서울시 종로구 종로 19 르메이에르종로타운 B동 920호
전화   02) 735-1312
팩스   02) 735-5501
이메일   starbooks22@naver.com
ISBN   979-11-5795-615-9 03810